L'INACCESSIBLE DUC

DARCY BURKE

ZEALOUS QUILL PRESS

L'INACCESSIBLE DUC

Quand Miss Eleanor Lockhart se retrouve subitement sans domicile et sans argent, trouver un emploi est sa seule option. Compromise pour avoir succombé au charme d'un vaurien presque dix ans plus tôt, elle a la chance d'être engagée comme dame de compagnie et se promet de se conduire de manière exemplaire. Elle ne devrait absolument pas se trouver dans les bras d'un homme qui pourrait finir de ruiner sa réputation...

Titus St. John, duc de Kendal, est surnommé Le Duc Inaccessible. Mystérieux et intimidant, il ne côtoie la Société qu'une seule fois par an pour le bal de sa belle-mère. Dix ans auparavant, il se conduisait comme un débauché désinvolte jusqu'à ce que son inconséquence ne provoque la déchéance d'Eleanor Lockhart, et n'aboutisse à sa retraite volontaire. Maintenant qu'elle est de retour, elle a besoin de son aide. Mais en essayant de la sauver, il risque simplement de ruiner sa vie une nouvelle fois.

Conception du livre: © Darcy Burke.
Conception de la couverture: © Elizabeth Mackey.
Traduction: WRT Translations.
Edition: Linda Ingmanson.

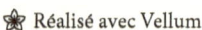 Réalisé avec Vellum

Pour Mr. Wright
Merci de m'avoir permis de survivre au collège
et d'avoir fait de l'histoire un sujet aussi important dans ma vie.

CHAPITRE UN

St Ives, Angleterre
Février 1811

*M*iss Eleanor Lockhart regarda son père avec stupéfaction.

— Il ne vous reste rien ?

David Lockhart tira sur sa manche, un geste habituel qui révélait la gêne criante provoquée par cette conversation.

— Pas *rien*, mais plus assez pour entretenir cette maisonnée.

Il tourna vers elle ses yeux marrons, troublés et contrits.

— Et pas assez pour t'entretenir.

Nora le fixa depuis le fond du vieux canapé, dont le pied cassé était remplacé par une pile de livres. Il avait perdu tout son argent, ou presque tout apparemment, dans un mauvais plan d'investissement.

— Qu'était-ce cette fois-ci ? demanda-t-elle en secouant la tête.

Père avait toujours été un peu écervelé, mais elle n'avait pas eu conscience de l'ampleur de son incompétence en matière de finances.

Il toussota.

— Un projet de construction dans le Sussex.

Cela semblait extrêmement vague. Malheureusement, elle soupçonnait qu'il ne pourrait pas lui donner plus de détails, vraisemblablement parce qu'il n'en avait pas.

— Que vais-je faire, désormais ?

Elle posa la question sobrement, sans émotion, malgré le vacarme de son cœur et la peur qui envahissait ses membres quand elle envisageait ce que pourrait être son avenir. Sans mari et avec rien d'autre qu'un passé entaché de scandale à son actif, Nora avait peu de perspectives.

Père se redressa et se tourna vers la fenêtre qui surplombait leur petite propriété à la limite de la ville. Il louait la maisonnette et le jardin environnant. C'était leur foyer, où Nora et sa sœur

avaient grandi, où elles avaient projeté des avenirs excitants comme comtesses ou duchesses, où Nora était revenue, vaincue, après avoir quitté Londres dévastée au beau milieu de sa deuxième Saison. C'était là que Nora supposait qu'elle allait vivre sa vie de vieille fille, jusqu'à ce qu'elle ait à trouver sa propre petite maison avec le modeste héritage que son père lui laisserait. Cependant, elle devrait modifier ses plans.

— Ta sœur pourrait sûrement t'accueillir, dit Père sans la regarder.

Nora en doutait, non pas parce que Joanna ne le voudrait pas, mais parce que son mari, le pasteur, ne l'autoriserait sans doute pas. Nora était une paria, une femme perdue épiée en train d'embrasser un gentilhomme qui n'était ni son mari, ni son fiancé. Elle n'était pas le genre de femme que Matthias Shaw inviterait à venir vivre dans son presbytère.

— Je trouve cela improbable, répondit doucement Nora,

son cerveau continuant à fonctionner même si son esprit défaillait.

— La femme du cousin Frédéric pourra peut-être t'héberger.

Le cousin Frédéric qui était mort cinq ans auparavant ? Lui et sa femme, la fille d'un baron, avaient parrainé Nora dix ans plus tôt. Ils avaient été aimables et généreux, et Nora les avait terriblement et dramatiquement humiliés par sa conduite scandaleuse. Ils avaient renvoyé Nora à St Ives immédiatement après sa disgrâce avec l'affirmation catégorique qu'ils *ne parraineraient pas* Jo.

Depuis le décès du cousin Frédéric, sa femme Clara s'était remariée, et Nora n'envisageait pas qu'elle ouvrirait une nouvelle fois sa porte à la femme dont la conduite l'avait embarrassée au plus haut point. Il gèlerait en enfer avant.

Nora ne prit même pas la peine de répondre à la suggestion ridicule de son père. Elle lui jeta plutôt un regard noir et serra les dents derrière ses lèvres pincées.

Il lui sourit en retour. Cela ressemblait plus à un pénible étirement de sa bouche qui soulignait à quel point il détestait la confrontation, surtout avec ses filles.

— Je suppose que tu pourrais trouver une place comme dame de compagnie ou gouvernante.

Il fit la remarque avec insouciance, comme si de tels emplois poussaient sur les arbres et étaient prêts à être cueillis.

— Et comment vais-je faire ?

Son front se plissa, et ses yeux s'assombrirent.

— Comment le saurais-je ? Tu es une jeune femme intelligente, comme l'était ta mère.

Son ton s'adoucit. Il n'était pas un père particulièrement affectueux, mais Nora savait qu'il avait aimé sa mère et qu'elle lui manquait toujours, malgré les vingt années écoulées depuis sa mort. Nora se leva, décidée à aller parler à sa

sœur immédiatement. Jo n'aurait peut-être aucune suggestion, mais au moins elle était dotée d'une oreille compatis-
sante. La seule dont Nora disposait.

L'après-midi était froide et nuageuse, mais la marche
avait réchauffé Nora quand elle arriva au presbytère à l'autre
bout du village. La gouvernante de Jo, Mrs. Kettler, amena
Nora dans le petit salon pour attendre sa sœur.

Un moment après, Jo entra, ses cheveux brun foncé
soigneusement coiffés et ses yeux noisette perçants et inquisiteurs.

— Je ne t'attendais pas aujourd'hui.

Ce qu'elle ne dit pas, c'est que son mari n'aimait pas les
surprises, notamment de la part de la sœur réprouvée de Jo.

— Je sais. Je devais te parler de toute urgence. Nous
pouvons sortir marcher si tu préfères.

Les sourcils de Jo s'abaissèrent.

— Que se passe-t-il ?

Nora ne vit pas de raison de tergiverser. Jo connaissait les
défauts de leur père aussi bien que quiconque.

— Père a perdu tout son argent dans un plan d'investissement. Il déménage dans une maisonnette sur les terres de son
beau-frère dans le Dorset.

Les yeux de Jo s'agrandirent de surprise.

— Vraiment ? Je ne pensais pas que tante Polly s'inquiétait
pour Père.

Polly était la jeune sœur de Père, et ils ne s'entendaient
pas très bien. Nora et Jo l'avaient rencontrée quatre fois en
tout au cours de leur vie.

— Il va vivre dans une très petite maison, tout au bout de
leur pré à moutons. À mon avis, elle va l'éviter autant que
possible.

— Malgré tout, c'est gentil de sa part de l'accueillir.

C'était vrai. Et même si la maisonnette où ils autorisaient
Père à vivre n'était pas assez grande pour héberger Nora, ils

avaient peut-être de la place dans leur maison. De plus, ils avaient des enfants. Peut-être avaient-ils besoin d'une gouvernante. Nora faillit rire à cette idée. Ils n'étaient pas du genre à avoir une gouvernante. Ils vivaient à la campagne parce qu'ils préféraient une vie simple.

Jo fit un geste pour inciter Nora à quitter le salon avec elle.

— Allons faire cette marche.

Elle passa dans l'entrée, où elle mit des gants et un chapeau.

— Aurai-je assez chaud ?

Nora portait une des rares robes utilisables qu'elle possédait, en laine légère, et rien d'autre pour lui tenir chaud.

— Tu auras froid au départ, mais tu vas te réchauffer.

Jo acquiesça et ouvrit la porte pour que Nora la précède dehors.

— Pars-tu avec lui pour le Dorset ?

Le soleil apparaissait maintenant à travers les nuages. Nora inclina la tête pour que le bord de son bonnet protège ses yeux.

— Il n'y a pas de place pour moi. Je dois prendre d'autres dispositions.

Jo s'arrêta net, et se tourna pour dévisager Nora.

— Tu ne veux pas dire…

Nora toucha gentiment le bras de sa jeune sœur.

— Non, je ne pense pas à venir vivre avec vous. Je sais que Matthias ne le permettrait jamais.

Jo expira, l'air affecté.

— Je suis désolée.

— Ne le sois pas. C'est quand même ma faute si tu as épousé un tel collet-monté.

Parce que la conduite désastreuse de Nora avait ruiné ses chances de participer à une Saison.

Jo fronça les sourcils en regardant vers le presbytère.

— Ne dis pas cela. Je sais que tu le trouves critique et impitoyable, ce qui, je l'avoue, ne sont pas les meilleurs traits de caractère pour un pasteur, dit-elle avec ironie. Cependant, c'est un gentil mari. J'aurais pu tomber beaucoup plus mal.

J'aurais pu rester célibataire comme toi.

Le sous-entendu envahit l'esprit de Nora pour s'y installer. Ce n'était pas la vie qu'elle avait prévue. Seule. Solitaire. Et maintenant avec un avenir totalement inconnu devant elle. Tout cela parce qu'elle avait flirté avec le mauvais homme et bêtement accepté sa fallacieuse invitation dégoulinante d'amour à le rencontrer en privé. Elle s'était mise dans le pétrin toute seule.

Nora recommença à marcher, et elles avancèrent sur le chemin étroit qui menait au presbytère avant de couper à travers champs vers un ruisseau peu profond où elles aimaient pique-niquer l'été.

— Quoi qu'il en soit, j'espérais que tu pourrais m'aider à trouver une solution. Je doute que tante Polly veuille m'héberger.

Jo tiqua.

— Tu ne voudrais pas vivre dans un élevage de moutons. Je suppose que cousine Clara ne souhaiterait pas non plus que tu vives avec elle, après ce qu'il s'est passé. Non, cette voie est bouchée, je crois.

Clairement. Nora hocha la tête pour acquiescer.

— Père a suggéré que je devienne gouvernante ou dame de compagnie.

— Ce n'est pas la plus terrible des idées, dit Jo. Est-ce qu'un tel emploi requiert de l'expérience ?

Nora haussa les épaules.

— Quelle difficulté cela pourrait-il présenter ? Surtout être dame de compagnie ?

Jo grimaça.

— Est-ce que ton... passé ne sera pas un problème pour obtenir ce genre d'emploi ?

Nora expira.

— Je ne sais pas. Mais j'ai l'impression de ne pas avoir d'autre choix. Je vais écrire à une agence à Londres et faire une demande.

— Tu pourrais peut-être utiliser un autre nom ; par exemple prendre celui de Mère.

Nora sourit en glissant un regard en coin à sa sœur.

— Et devenir Eleanor Godbehere ?

Elles gloussèrent ensemble.

Jo secoua la tête.

— Notre pauvre mère avait le pire des noms de famille.

Et peu approprié puisque Dieu n'avait pas été présent quand elle avait succombé à une maladie longue et particulièrement douloureuse, quand Nora avait tout juste sept ans et Jo seulement cinq.

Quand elles approchèrent du ruisseau, Nora s'arrêta et fixa sa jeune sœur, dont la vie avait aussi été malencontreusement ruinée neuf ans auparavant.

— Je crois que je préférerais être honnête sur qui je suis. Dès le départ, c'est le mensonge qui m'a conduite au désastre.

Elle avait raconté à la cousine Clara, son chaperon, qu'elle se rendait à la salle de repos avec une autre jeune femme. A la place, Nora était allée à la bibliothèque pour rencontrer Lord Haywood, l'homme dont elle s'était persuadée être amoureuse.

Jo flâna jusqu'au bord de l'eau.

— Je suppose que c'est la meilleure chose à faire.

Elle sourit à Nora.

— Tu n'es plus du tout la jeune écervelée que tu étais il y a neuf ans.

— Dieu merci, non.

Nora frissonna au souvenir de cette jeune femme naïve

aux yeux écarquillés. Si elle pouvait revenir en arrière et se conduire autrement, elle le ferait en un éclair. Elle se pencha et ramassa un caillou lisse, puis rejoignit Jo et lança sa pierre dans le ruisseau d'un mouvement de poignet.

— Est-ce que retourner à Londres te rends nerveuse ?

Nora pensa à ce qu'elle pourrait dire ou faire si elle croisait les personnes qui l'avaient si promptement dédaignée, ou pire, si elle rencontrait Lord Haywood. Elle secoua la tête. Elle anticipait.

— Je ne vais peut-être même pas travailler à Londres.

— Si tu dois devenir dame de compagnie, je pense que tu t'y rendras forcément, surtout avec le début de la Saison.

Oui, ce serait le meilleur arrangement. L'idée de retourner à Londres, avec ses soirées, ses promenades et ses bals, était un peu intimidante, mais cela serait un changement de rythme

appréciable par rapport à la vie recluse qu'elle avait à St Ives. C'était aussi beaucoup mieux qu'un élevage de moutons.

— Tu m'écriras tous les jours ? demanda Jo, le regard intense et sérieux. Je t'écrirai aussi, pour te soutenir.

Nora poussa le bras de Jo avec son coude alors qu'elles se tenaient côte à côte face au cours d'eau. Elle était incommensurablement heureuse d'avoir une telle alliée.

— Je le ferai.

— J'aimerais que Mère soit toujours vivante, dit Jo doucement, le regard dirigé vers l'eau et la bouche incurvée en une moue triste.

Nora entoura ses épaules d'un bras.

— J'aimerais aussi, mais au moins nous sommes là l'une pour l'autre.

Jo adressa un chaud sourire à sa sœur.

— C'est vrai, et ce sera toujours le cas. Même si Londres ne t'intimide pas, j'ai un peu peur. Je ne veux pas te voir souffrir à nouveau.

Nora appréciait l'inquiétude de Jo plus qu'elle ne saurait le dire. Elle la relâcha et s'accroupit pour ramasser une autre pierre.

— Il est improbable qu'une telle chose se reproduise ; j'ai bien compris la leçon.

Elle lança la pierre dans le ruisseau.

Jo plaqua une main sur sa bouche. Quand elle la laissa retomber, elle dit :

— Tu ne devrais pas tenter le destin de cette manière.

Non, elle ne devrait pas, mais il semblerait que Nora ne sache pas faire autrement.

❧

Titus St John, cinquième duc de Kendal, était assis seul dans son salon privé au Brooks, comme il le faisait chaque fois qu'il devait séjourner en ville. C'était une des rares activités publiques qu'il s'autorisait, même s'il était loin de s'afficher. Le bruit lointain des rires et des conversations atteignait ses oreilles à chaque fois qu'un valet de pied ouvrait la porte pour apporter un plat ou remplir son verre de whisky. Il ne trouvait pas ces sons attrayants. Non, il les trouvait très désagréables, ce que certains, qui l'avaient connu dans sa jeunesse, trouveraient surprenant. Il fut un temps où il avait été attiré par cette convivialité comme un colibri par une fleur brillante et parfumée.

Jeune homme et marquis de Ravenglass avant la mort de son père, il avait profité de tout ce que son titre et sa fortune pouvaient lui offrir. Il avait parié. Il avait dépensé des sommes astronomiques. Il avait acquis une épouvantable réputation de débauché. Il s'était énormément amusé avant qu'une série d'événements ne le fasse descendre complètement et définitivement du piédestal qu'il s'était bâti. Depuis lors, il avait tourné le dos à tout ce qu'il avait un jour été.

— Votre Grâce ?

Titus regarda le valet de pied qui était entré et vit son beau-père franchir le seuil à son côté.

— Bonsoir, Satterfield.

— Bonsoir, Kendal.

Le comte hocha la tête, son crâne presque chauve brillant sous la lumière.

— Votre mère vous transmet ses respects.

Sa belle-mère, mais en réalité la seule mère qu'il ait jamais connue. Titus n'avait que cinq ans quand elle avait épousé son père, et elle s'était occupée de lui comme s'il était son propre fils. Elle s'était mariée avec Satterfield sept ans plus tôt, après avoir vécu une période de deuil plus que convenable de deux ans suite au décès du père de Titus.

Le valet de pied versa un verre de whisky et le donna à Satterfield, puis sortit.

Satterfield rejoignit Titus près de la cheminée, et prit la chaise face à lui.

— Votre mère voulait aussi que je vous harcèle pour que assistiez à son thé demain, mais je ne le ferai pas.

Titus haussa un sourcil par-dessus son verre de whisky.

— Vous venez juste de le faire.

— J'en ai *parlé*. Cela m'évitera tout différend avec elle car je pourrai dire honnêtement que nous en avons discuté. Les épouses sont une affaire compliquée.

Il adressa à Titus un regard lourd de sens qui signifiait probablement : *Vous le sauriez si vous étiez marié.*

Le célibat de Titus était l'unique source de conflit entre lui et sa belle-mère. Chaque fois qu'elle lui écrivait ou le voyait en personne, elle lui demandait quand il prévoyait de trouver une

épouse. C'était une conversation obligatoire, et il était certain qu'elle aurait lieu s'il allait prendre le thé demain.

— Vous a-t-elle aussi demandé de me harceler à propos du mariage ?

Satterfield s'esclaffa.

— Non. En fait, je crois qu'elle a fini par accepter votre célibat. Elle embauche une dame de compagnie.

Titus se pencha légèrement en avant.

— Vraiment ? Quand a-t-elle décidé de cela ?

— Une de ses amies le lui a suggéré récemment ; quelque chose, ou plutôt quelqu'un, qui la tienne occupée.

— N'est-ce pas pour cela qu'elle vous a épousé ? demanda sèchement Titus.

Une des choses que sa belle-mère lui répétait toujours était qu'en prenant une épouse, il ne serait plus seul. Mais Titus n'était pas seul ; il était solitaire. Ce n'était pas la même chose.

— Il y a certaines activités, telles que le shopping, que je ne pratiquerai pas même sous la menace de torture.

Satterfield frissonna.

— Votre mère adore faire des courses. Oui, elle y va avec des amies, mais une dame de compagnie sera toujours disponible, voyez-vous.

Titus comprenait, et il était plutôt ravi par cette idée. Avec une dame de compagnie à gérer, elle le laisserait tranquille avec ses projets de mariage. Excellent ! Il reprit son whisky.

— Dites-lui que je viendrai pour le thé.

La porte s'ouvrit brutalement et alla cogner contre le mur. Un jeune type, cravate de travers, trébucha à l'intérieur.

— C'est la chambre de Fitzpatrick ? bafouilla-t-il.

Titus observa l'aspect échevelé et les joues rougies du garçon et l'estima sérieusement imbibé.

— Non.

Un deuxième homme, plus vieux de quelques années, apparut derrière le jeune homme. Il lui saisit l'épaule, ses yeux plissés et désapprobateurs quand il lui fit franchir le seuil à reculons.

— Mon Dieu, Lyndhurst, c'est le salon de Kendal, siffla-t-il.

Il lança un regard d'excuses à Titus et marmonna :

— Désolé, Votre Grâce.

Titus hocha la tête.

— Fermez la porte derrière vous.

— Bien sûr.

L'homme, le marquis d'Axbridge selon Titus, éjecta littéralement un Lyndhurst plus qu'éméché hors de la pièce, et ferma la porte aussi silencieusement que possible.

— Est-ce que leur respect vous amuse ? demanda Satterfield, en le regardant d'un air soupçonneux.

Puis il secoua la tête.

— Fi, je sais bien que non.

Non, il n'était pas amusé. Toutefois, il en était soulagé, car cela signifiait qu'ils l'évitaient. Il n'avait plus de patience pour ces stupides facéties. Quand il avait abandonné sa propre conduite dissolue, il avait perdu la capacité de la tolérer chez quiconque. Et la Société le savait.

— Ils sont généralement inoffensifs, dit Satterfield.

— Ils ne le sont pas, mais je ne vais pas en débattre avec vous.

Titus avait vu en personne les dégâts causés par une conduite aussi désinvolte, mais il ne révélerait pas cela à Satterfield. Pas quand il n'en avait parlé à personne. Il termina son whisky, et posa le verre sur une table près de sa chaise.

— Je crois que j'ai terminé pour ce soir. Restez aussi longtemps que vous le souhaitez.

— Où vous rendez vous ?

— Nulle part où vous souhaiteriez m'accompagner.

Titus était en chemin pour une soirée en dehors du

domaine de la Haute Société, où il rencontrerait plusieurs courtisanes. Il passait toujours ses premières semaines de retour à Londres à chercher une maîtresse pour la Saison. C'était toujours une tâche fastidieuse, mais nécessaire pour trouver la femme adéquate qui réchaufferait son lit sans avoir d'exigences, tout en se conduisant le plus discrètement possible. C'était primordial à ses yeux. Ses affaires ne regardaient que lui.

— Eh bien, dit Satterfield. A demain, alors. Titus quitta la pièce, fermant la porte une fois dans le couloir vide. Il descendit les escaliers, et les hommes assis dans le salon réservé aux membres se turent, sauf un qui chuchota bruyamment :

— Le Duc Inaccessible ?

Titus ne tourna pas la tête pour voir qui avait prononcé son surnom. Il ne tourna la tête pour saluer personne. Il regarda droit devant lui et quitta le club, sans se demander ou s'inquiéter de ce que l'on pensait de lui

CHAPITRE DEUX

Deux semaines après avoir envoyé sa demande à une agence de Londres, Nora entrait dans le salon de la maison de ville de Lady Satterfield sur Mount Street pour sa première entrevue comme dame de compagnie. Elle était arrivée par chaise de poste tard la veille.

Nora admira le luxe du salon avec ses hautes fenêtres encadrées de rideaux dorés qui surplombaient la rue, une myriade de peintures de paysages qui donnait au lieu un agréable aspect naturel, de même que des miroirs à cadres dorés qui semblaient encore agrandir la pièce déjà vaste, et trois chandeliers ornementés dont le cristal étincelait et scintillait dans la lumière de l'après-midi.

C'était aussi élégant que ce qu'elle avait connu chez le cousin Frédéric, et cependant plus confortable. Ou peut-être Nora avait-elle gagné en maturité, et n'était plus intimidée par le faste d'une maison londonienne. Elle n'était plus aussi naïve qu'elle l'avait été.

Un instant plus tard, Lady Satterfield entra dans le salon. Elle était grande, avec des cheveux sombres et un port de reine, mais également un sourire chaleureux qui la rendait accessible. Nora se détendit immédiatement.

— Bonjour, Miss Lockhart. Je suis si heureuse que vous ayez pu me rencontrer aujourd'hui. Asseyez-vous, s'il vous plaît.

Lady Satterfield lui indiqua un canapé, et s'assit sur une chaise à bras recouverte de soie bleue.

Nora s'installa sur le bord du canapé.

— Merci, Madame. C'est un plaisir de faire votre connaissance.

— Mon majordome apportera le thé dans un instant. Savez-vous comment le servir ?

Nora acquiesça.

— Oui, Madame.

— Excellent. J'en étais convaincue, puisque vous avez fait vos débuts dans la Société.

La comtesse énonça ce fait sans intonation, empêchant Nora de deviner ses impressions sur son passé. Et Nora n'imaginait pas une seconde que l'agence aurait oublié de mentionner ses erreurs de jeunesse à Lady Satterfield. Nora avait été honnête et franche quand elle les avait contactés, et ils lui avaient répondu de la même manière, lui disant que son placement pourrait être difficile.

Pourtant, elle était là pour un entretien.

Elle s'empressa de répondre à Lady Satterfield, même si elle n'avait pas posé de question directe :

— Oui, j'ai participé à deux Saisons dans la Société.

Pas tout à fait, mais presque.

— L'agence m'a informée de votre expérience passée.

De nouveau, Nora fut incapable de deviner ce que Lady Satterfield en pensait, mais son invitation pour le rendez-vous de ce jour devait signifier que cela ne la dérangeait pas. Pourtant, elle se sentirait mieux en expliquant toute la situation.

— Vous connaissez les circonstances qui m'ont amenée à quitter Londres ?

Lady Satterfield la regarda avec... gentillesse ? Oui, les coins de ses yeux se plissèrent et sa bouche s'incurva en un sourire compatissant.

— Je les connais, et tout ce que je peux dire c'est que je suis désolée de la manière dont les choses ont tourné pour vous. Nous avons tous fait des bêtises dans notre jeunesse, mais beaucoup ont réussi à les cacher. La Société est encore plus impitoyable envers les femmes. Peu importe que l'homme soit au moins aussi responsable, et même plus dans certains cas. C'était Lord Haywood ?

Une image d'Haywood, un trop bel Insaisissable, se forma dans son esprit. Avec son sourire éblouissant, ses vagues de cheveux blonds et sa langue déliée, il l'avait complètement charmée neuf ans auparavant.

— Oui.

Elle toussota pour éclaircir sa gorge soudain obstruée.

— J'assume toutes mes actions.

Lady Satterfield pencha la tête sur le côté.

— J'admire votre maturité. Espériez-vous l'épouser ?

— Très naïvement, oui.

Nora n'essaya même pas de masquer l'autodérision qui transpirait dans sa voix.

— Quand il m'a juré son amour éternel et m'a dit qu'il prévoyait de faire de moi son épouse, je l'ai cru. A ce stade, un rendez-vous galant dans la bibliothèque avec mon futur fiancé était un peu risqué, mais je pensais que mon avenir était assuré.

Comme elle avait eu tort. Ils avaient été surpris enlacés dans la bibliothèque pendant un bal, et cela avait fait les *on dit* de la Saison. Le cousin Frédéric avait renvoyé Nora dans sa campagne deux jours plus tard. Haywood, quant à lui, avait été obligé de quitter la ville pour le reste de la Saison, mais sa réputation avait pu être sauvegardée. Il avait même fini par se marier quelques années après. Nora, en revanche, avait été entièrement anéantie. Tout cela pour un baiser, tout sauf exceptionnel qui plus est.

Lady Satterfield secoua la tête et pinça les lèvres :

— Les hommes peuvent être de tels imbéciles.

Bien que simple, l'affirmation de Lady Satterfield réveilla une colère profondément enfouie dans l'âme de Nora. Si peu de personnes avaient reporté le blâme sur le gentilhomme, préférant attribuer toute la faute à Nora. Se pouvait-il qu'elle comprenne le calvaire de Nora ?

— J'ai changé depuis.

Être bien vue, trouver un mari, tenir sa place dans la Société… tout cela avait semblé si important. Elle n'avait rien obtenu, et pourtant elle ne pouvait pas dire qu'elle était malheureuse.

Elle avait son jardin, ses livres et, quelque chose que la plupart des femmes n'avait pas, une certaine liberté. Enfin, elle *avait eu* tout cela.

Le regard de Lady Satterfield retrouva sa chaleur.

— Je le vois, ma chère. Vous vous tenez très bien. Je ne me soucie pas du passé. Je m'intéresse seulement à ce qui se produit maintenant. Je recherche une dame de compagnie qui viendra faire du shopping avec moi, qui m'aidera à rédiger mon courrier et fera quelques travaux de secrétariat, et qui passera du temps avec moi. Est-ce que la place vous convient ?

Nora s'était déjà fait une opinion sur la comtesse : elle l'aimait bien. Elle était la première qui lui témoignait de la compassion ; comment ne pas l'aimer ? Être sa dame de compagnie ne serait en aucun cas une épreuve.

— Oui, j'aimerais beaucoup vous tenir compagnie. J'écris très bien. Ma mère m'a toujours félicitée pour mon écriture. C'est sans doute pour cela que j'ai cultivé ce don.

— Quand avez-vous perdu votre mère, ma chère ?

La poitrine de Nora se serra un instant. La douleur avait diminué au fil des années, mais cela l'ennuyait d'une certaine manière. Sa mère ne lui manquait plus autant, et elle trouvait cela déloyal.

— Il y a vingt ans.

— Je suis navrée que vous l'ayez perdue si jeune. J'ai eu ma propre mère jusqu'à ces dernières années.

Elle sourit fugitivement.

— Elle me manque toujours, mais elle a eu une belle vie.

Le majordome arriva avec le thé, et posa le plateau sur une table entre elles deux. Nora demanda à Lady Satterfield comment elle aimait le sien, et commença à préparer leurs tasses en conséquence.

— Vous êtes une experte, dit Lady Satterfield. Dites-moi, pourquoi cherchez-vous un emploi ?

Elle prit sa tasse et commença à siroter son thé.

Nora lissa sa jupe sur ses genoux, même si le vêtement démodé était déjà parfaitement repassé. Elle détestait avoir à admettre la vérité, mais une fois encore, elle choisit d'être honnête.

— Mon père déménage dans le Dorset à la fin du mois et il ne pourra plus m'héberger.

Lady Satterfield pinça les lèvres en une moue dépitée.

— Quel dommage. Toutefois, je ne peux pas dire que cela parle en sa faveur.

Nora apprécia le soutien de la comtesse, mais se sentit un peu comme une mendiante.

— Et qu'avez-vous fait ces neuf dernières années ? demanda Lady Satterfield.

— J'ai lu, le plus souvent. J'en ai aussi profité pour jardiner.

Son jardin allait lui manquer. Elle avait cultivé une

grande variété de fleurs et d'arbustes. Elle était particulièrement fière de ses roses.

— Étiez-vous heureuse ? Est-ce que, si les circonstances n'avaient pas changé, vous auriez continué à vivre de cette manière ?

Nora avait du mal à comprendre pourquoi cette femme s'intéressait à son bonheur. Personne à part Jo ne s'en était jamais inquiété.

— Je suppose. Ma sœur espérait que je finirais par me marier.

Lady Satterfield but une autre gorgée de son thé.

— Est-ce là ce que vous vouliez ?

Autrefois, quand elle était une jeune lady récemment arrivée à Londres, elle avait nourri des rêves de mariage et d'enfants. Mais après sa déchéance, elle avait perdu tout espoir d'un tel avenir malgré la foi persistante de sa sœur.

— Initialement oui, mais je n'ai plus cette ambition maintenant. Je serai tout à fait satisfaite d'être votre dame de compagnie. Bien entendu, si vous décidez de m'engager.

Nora sentit ses joues s'empourprer. Elle n'avait pas voulu être présomptueuse.

— Ce que je vais faire, affirma Lady Satterfield. Pouvez-vous vous installer immédiatement ?

Nora perdit l'usage de sa voix pendant un moment.

— Je suis… ébahie par votre confiance en moi.

— Vous avez un esprit charmant, de l'intelligence et de la résilience. Je n'ai aucune crainte que vous répétiez vos erreurs passées.

La joie et le soulagement se combinèrent, et Nora ne put se retenir de sourire :

— Je ne le ferai pas.

— Excellent. Nous allons devoir procéder rapidement car mon bal a lieu dans quelques jours et vous devrez y assister, bien sûr.

Ses yeux tombèrent sur la robe de voyage affreusement démodée de Nora.

— J'imagine qu'il va vous falloir une nouvelle garde-robe ?

Nora grimaça.

— Je n'ai pas eu besoin de vêtements à la mode ces dernières années, je le crains.

— C'est très bien, ma chère. Je suis assez excitée par ce projet. Je ne veux pas insinuer que vous êtes un projet, mais j'ose espérer que cela vous inspire aussi.

Nora ne pouvait absolument pas être irritée par cette déclaration, pas quand les yeux gris de cette femme étincelaient d'un enthousiasme contagieux.

— C'est une chance pour moi d'être votre projet. Je vous dois un grand merci pour cette opportunité.

— Excellent. Après le thé, nous débuterons notre première tournée de shopping. J'enverrai Harley chercher vos affaires.

Lady Satterfield secoua la tête en souriant.

— Mais je m'avance. Je vais vous montrer votre chambre à l'étage et vous faire visiter la maison en entier. Nous avons une immense bibliothèque en bas ; vous m'avez dit aimer lire, n'est-ce pas ?

Tout arrivait si vite, mais c'était une bonne chose, non ? Nora avait eu besoin d'une nouvelle place, et vite. Et maintenant, elle en avait une.

Elle tiendrait compagnie à une comtesse gentille et généreuse. Elle aurait une nouvelle garde-robe et aurait accès à une bibliothèque fabuleuse. Elle ne se marierait pas ou ne fonderait pas de famille ?

Qu'importe, elle avait abandonné ce rêve depuis longtemps.

◡

*T*itus arriva dix minutes avant l'heure du début du thé de sa belle-mère. Harley, le majordome habituellement imperturbable des Satterfield, haussa un sourcil dans une démonstration de surprise en le voyant.

— Votre Grâce, Lady Satterfield va être enchantée de vous voir. Elle est déjà dans le salon.

— Merci , Harley. Je vais monter tout seul.

Titus grimpa les escaliers jusqu'au premier étage et entra dans le salon, où sa belle-mère discutait avec une servante.

Quand Lady Satterfield vit Titus, ses yeux s'illuminèrent et ses lèvres s'étirèrent en un large sourire.

— Kendal. Tu es venu.

Elle s'avança vers lui et il embrassa sa joue.

— J'ai dit à Satterfield que je viendrais. Ne vous en a-t-il pas informée ?

— Si, mais je n'allais pas y croire avant de t'avoir vu de mes yeux.

Elle leva les yeux vers lui et passa une main sur son épaule.

— Tu avais une poussière.

— Merci.

— Non, merci *à toi*. Je sais que tu ne t'intéresses pas à des réceptions comme mon thé d'aujourd'hui.

Son regard parcourut le salon, que la servante venait de quitter.

— Où est votre dame de compagnie ?

Sa belle-mère lui avait fait savoir qu'elle avait engagé quelqu'un.

— Elle va bientôt descendre. Tu vas l'apprécier, je crois.

Titus n'avait aucune intention d'apprendre à bien connaître cette femme, mais il supposa qu'il devait au moins être poli pour faire plaisir à sa belle-mère.

Le regard de Lady Satterfield se dirigea vers la porte derrière Titus.

— Ah, la voici.

Titus se retourna. La dame de compagnie n'était pas du tout ce qu'il avait imaginé. Il s'était attendu à une femme d'âge moyen avec des cheveux grisonnants, peut-être avec des binocles et une coiffe en dentelle. Elle aurait au moins dû être quelconque, mais cette femme était tout le contraire. En fait, si elle avait été vêtue tout à fait autrement, Titus aurait pu s'attendre à la rencontrer au bal des Cyprians auquel il avait assisté la nuit précédente. Toutefois, elle portait une jolie robe de jour qui ne faisait que suggérer les courbes masquées par le drapé délicat de l'étoffe. Mais ce sont ses yeux qui le captivèrent, à la fois abruptement inquisiteurs et délicieusement engageants. Il lui aurait parlé la nuit dernière, et il l'aurait même peut-être embauchée.

Cependant, il n'était pas au bal des Cyprians, et il ne cherchait plus de maîtresse.

La voix de sa belle-mère le ramena vivement et brutalement au présent :

— Kendal, permets-moi de te présenter ma nouvelle dame de compagnie, Miss Eleanor Lockhart.

Déjà stupéfait par l'apparence de la jeune femme, il fut encore plus atterré d'apprendre son identité. Cela le mit également mal à l'aise. Comme il se devait. Elle avait été complètement détruite par un des anciens amis proches de Titus, cet idiot d'Haywood.

Emmené par Titus, leur groupe exclusif de jeunes hommes avait bourlingué dans tout Londres, se conduisant comme il leur plaisait. Titus avait donné le ton ; parier, jouer aux courses et séduire les femmes avaient été ses principaux passe-temps. Il n'avait rien trouvé de mal à flirter avec des demoiselles, et leur avait même volé un baiser ou deux. Cela avait été une conduite idiote comme la plupart de leurs activités et, rétrospectivement, Titus était surpris de ne pas s'être fait prendre. Mais il n'avait quand même pas été aussi stupide qu'Haywood, que Titus avait encouragé à séduire une jeune femme pour un baiser. Cette pauvre jeune femme avait été Miss Lockhart et ils avaient été découverts.

Haywood, couard qu'il était, ne s'était pas montré à la hauteur et n'avait pas fait sa demande. Il avait besoin d'une épouse fortunée, alors il s'était tapi à la campagne pour attendre son heure et pouvoir retenter sa chance. Trois ans après, il avait harponné une riche épouse, tandis que Miss Lockhart n'avait plus rien et pire, plus la moindre chance d'avenir.

Cachant sa prise de conscience et sa consternation, Titus arbora un sourire anodin.

— Bonjour, Miss Lockhart. C'est un plaisir de faire votre connaissance.

Ce n'était pas un mensonge, ils n'avaient jamais été présentés officiellement, bien qu'il sache qui elle était.

Lady Satterfield se tourna vers sa jeune et distrayante dame de compagnie :

— Nora, voici mon beau-fils, Sa Grâce, le Duc de Kendal.

Nora. Un prénom fort mais féminin. Il lui allait bien.

Miss Lockhart plongea dans une révérence :

— C'est un honneur de vous rencontrer, Votre Grâce.

Sa conduite était absolument adaptée, nécessaire même, mais il ne voulait pas qu'elle montre autant de déférence à son égard. Ce qui était fou car c'était précisément ce qu'il attendait de tous les autres.

— Tout l'honneur est pour moi.

Elle le regarda, ses yeux marrons de la même couleur que son porto préféré, et il lui apparut que personne ne lui avait jamais parlé ainsi. Et pourquoi l'aurait-on fait, puisqu'elle avait été exilée ? Il voulait lui demander ce qu'elle était devenue depuis ce malheureux événement. Plus important encore, il voulait lui demander pourquoi elle était là.

Mais il n'en fit rien.

À cet instant, Harley annonça les premiers invités, et Lady Satterfield s'en fut les accueillir, emmenant Miss Lockhart avec elle.

Titus les regarda partir, puis se tourna et se dirigea vers la fenêtre la plus proche du coin de la pièce, loin de l'entrée, loin de l'endroit où les gens allaient s'agglutiner… juste *loin*. Il fixa son regard sur la rue en contrebas pour examiner les nouveaux arrivants. Pourquoi ? Il n'en savait rien. Ce n'était pas comme s'il se souciait de qui serait là. De plus, son cerveau était complètement focalisé sur Miss Lockhart et sa situation actuelle.

L'événement qui avait causé sa perte n'était sans doute pas exactement de sa faute, mais il aurait au moins pu s'enquérir de son bien-être.

Il resta debout devant la fenêtre pendant une bonne demi-heure. Comme d'habitude, les invités lui jetèrent des regards en coin, mais personne ne l'aborda. Pas plus qu'il n'approcha quiconque. Sa belle-mère lui reprocherait sans doute sa réserve, mais juste quelque temps. Elle savait qu'il préférait la solitude, même si elle ne le comprenait pas.

Depuis que son père était mort et que Titus avait hérité du titre, il s'était jeté à corps perdu dans ses obligations de propriétaire terrien, ainsi que de membre de la Chambre des lords. Il aimait passer du temps avec l'intendant de son domaine et avec son secrétaire quand il était à Londres. À part cela, il n'entretenait aucune amitié ou relation, en dehors de la maîtresse qu'il prenait pour la Saison. Il imaginait bien que cela semblait étrange pour un duc de ne pas profiter des divertissements offerts par la Société, mais il avait passé sa jeunesse à jouer au parfait débauché et ne souhaitait pas regarder en arrière.

Toutefois, la présence de Miss Lockhart l'y obligeait justement, et il n'aimait pas ce qu'il voyait.

Du coin de l'œil, il vit Satterfield approcher. Titus pivota légèrement. Satterfield était une des rares personnes qu'il acceptait dans son espace personnel.

— Vous êtes venu, dit Satterfield, faisant écho aux propos de son épouse.

Titus resta concentré sur la rue, mais jeta un coup d'œil rapide à son beau-père.

— Ma belle-mère et vous avez si peu confiance en moi.

— Ce n'est pas de la confiance, mon garçon. C'est juste que nous vous connaissons.

Il sourit brièvement.

— Genie dit que vous êtes resté là à ruminer depuis votre arrivée.

— Je ne rumine pas. J'apprécie la seule compagnie que j'arrive à supporter.

— Voilà qui en dit long sur nous tous, n'est-ce pas ? dit Satterfield avec humour, provoquant un léger sourire chez Titus.

Il regarda son beau-père.

— Votre personne mise à part, mais vous n'êtes pas là depuis le début.

— Dieux du ciel, non. J'ai aussi beaucoup de mal à souffrir ce genre de raout.

— Alors pourquoi êtes-vous là ?

Satterfield se tourna pour se mettre dos à la fenêtre et face à la pièce :

— Pour les mêmes raisons que vous, je suppose. J'aime votre belle-mère, et je suis là pour la soutenir. Avez-vous rencontré Miss Lockhart ?

En entendant son nom, Titus dut réévaluer sa conduite. Peut-être avait-il *vraiment* ruminé après tout.

— Oui.

— Genie et elle s'entendent plutôt bien. Je n'étais pas sûr que l'idée était bonne, mais je dois admettre que cela semble fonctionner.

Titus en était satisfait ; personne ne méritait plus d'être heureux que sa belle-mère. Elle l'avait accepté comme son propre fils à l'instant où elle avait épousé son père et son comportement n'avait pas changé quand elle avait eu un enfant à elle. La perte de cet enfant, la sœur de Titus, était une des raisons pour lesquelles il voulait la voir heureuse. Il était prêt à tout pour elle, sauf choisir une duchesse.

Peut-être un jour. Mais pas maintenant.

Satterfield demanda :

— Et votre soirée a-t-elle porté ses fruits ?

C'était une manière polie de lui demander s'il avait trouvé une maîtresse pour la Saison. C'était le cas. Isabelle Francis était d'une beauté sans pareille ; du moins Titus l'avait-il pensé la nuit dernière. Cependant, elle semblait un rien… fade à côté de Miss Lockhart. Ses cheveux étaient blond pâle, quand ceux de Miss Lockhart étaient d'un auburn saisissant. Les yeux d'Isabelle étaient d'un bleu incandescent, magnifique mais simple, comme si elle ne pouvait exprimer qu'une gamme d'émotions calculées. Ceux de Miss Lockhart dénotaient une nature indomptée. D'une certaine manière, il avait détecté une indépendance féroce enfouie dans leur profondeur.

Titus tourna la tête pour regarder Satterfield et chercher à entrevoir Miss Lockhart. Elle se tenait à l'autre bout de la pièce, en pleine conversation ; une note dynamique dans cette réception sans intérêt. En fait, elle ne ressemblait pas du tout à une dame de compagnie. N'étaient-elles pas sensées s'asseoir dans un coin et observer ?

— Kendal ?

Se sentant comme lorsqu'il avait été pris en train de voler

un biscuit à la cuisine à l'âge de six ans, il reporta rapidement son attention sur son beau-père.

— Oui, la nuit dernière a été profitable.

Aujourd'hui, en revanche, était une journée plus étrange. Miss Lockhart l'obligeait à ressentir des choses oubliées depuis des années. Tout d'abord, cette attraction malvenue pour une femme qui n'était pas sa maîtresse. Il n'avait pas été tourmenté par une telle insanité depuis des lustres, et qu'il soit damné s'il devait recommencer maintenant. Non, cet embarras serait étouffé dans l'œuf ou au moins ignoré.

Ensuite, il y avait le souvenir de ce qu'il avait été. La manière dont, dans un autre temps, il aurait pu flirter avec Miss Lockhart, peut-être lui voler un baiser dans un jardin sombre, et ne jamais plus lui accorder une pensée.

Il tressaillit intérieurement, méprisant ce jeune blanc-bec. Il surprit le regard expressif que sa belle-mère leur adressa.

— Genie nous regarde d'un mauvais œil, dit Satterfield. Je ferais mieux d'y aller pour la calmer. Je vous demanderais bien de m'accompagner, mais je connais déjà votre réponse.

Il posa une main ferme sur l'épaule de Titus.

— Ne vous inquiétez pas. Elle est déjà contente que vous soyez venu.

Titus regarda Satterfield rejoindre le groupe, puis tourna de nouveau son regard vers la rue, ce qui était plus sûr. Malgré ses bonnes intentions, il se surprit cependant à lancer des regards en coin à Miss Lockhart plusieurs fois au cours de la réception.

Cela ne pouvait pas continuer.

CHAPITRE TROIS

$\mathcal{L}$e cœur de Nora s'était emballé au début de la réception cet après-midi. C'était sa première sortie officielle dans la Société, et elle s'était inquiétée de la réaction des gens quand ils la reverraient. Cependant, jusque-là tout se passait pour le mieux. En réalité, elle ne pensait pas que Lady Satterfield allait l'intégrer aussi… vigoureusement. En tant que dame de compagnie rémunérée, elle s'était attendue à aider au service du thé, ou à veiller à ce que personne ne soit oublié dans la conversation. Au contraire, Lady Satterfield l'avait présentée à tous les arrivants. Elle s'était sentie *presque* comme à sa première Saison.

Juste dix ans plus âgée et bien plus sage. Du moins, elle l'espérait.

Lady Satterfield interrompit les pensées de Nora en la présentant à une nouvelle arrivée, Lady Dunn. D'âge mûr, avec des cheveux gris foncé élégamment relevés, Lady Dunn ajusta son monocle et examina Nora de la tête aux pieds.

— Je me souviens de vous, jeune fille.

Nora se prépara à la suite. Jusque-là, aucune personne

n'avait semblé la reconnaître. Et Nora ne se souvenait pas de Lady Dunn.

Lady Satterfield ouvrit la bouche, mais Lady Dunn s'est lancée la première :

— C'est bien d'être revenue.

Vraiment ? Nora ressentit une vague de soulagement et sourit.

Lady Dunn abaissa sa lunette.

— Venez vous asseoir avec moi quelques minutes.

Elle emmena Nora vers un divan vacant.

Nora interrogea Lady Satterfield du regard, et reçut un signe de tête encourageant en réponse. Lady Dunn s'assit sur le brocart couleur d'or pâle et tapota la place libre à côté d'elle.

Nora s'installa à son côté. Elle avait l'impression que Lady Dunn voulait lui inculquer un peu de sagesse ou lui donner un conseil.

— Vous êtes une jeune femme courageuse, commença-t-elle sans préambule. Je me souviens avec précision de vos ennuis malgré les nombreuses années écoulées, et je peux juste espérer que vous avez compris la leçon.

Nora ne savait pas trop quoi faire de la franchise de cette femme. D'un côté, il était réconfortant que toute l'affaire soit exposée, mais de l'autre, elle se sentit plus vulnérable qu'elle ne l'avait été pendant toute la journée.

— Oui, Madame. J'ai bien compris.

Lady Dunn accepta sa réponse d'un abrupt hochement de tête. Son regard parcourut la pièce, puis s'arrêta. Ses lèvres s'entrouvrirent.

— Mon Dieu, le Duc Inaccessible.

Sa voix était douce, presque voilée.

Nora suivit son regard et aboutit sur... le Duc de Kendal, le beau-fils de Lady Satterfield. Elle regarda Lady Dunn.

— Qui ?

Lady Dunn fixa Nora comme si une deuxième tête lui avait poussé.

— Le Duc de Kendal. Vous devez bien le savoir, comme vous êtes la dame de compagnie de Lady Satterfield.

Elle pinça fermement les lèvres.

— Toutefois, je doute que sa belle-mère vous raconte ce qu'on dit de lui.

Nora ne voulait absolument rien entendre de ce qu'on disait de lui. Elle essayait de se conduire de la manière la plus exemplaire possible : pas de ragot, pas de scandale. Pourtant, elle mourrait d'envie de savoir pourquoi il était *inaccessible*.

Leur courte rencontre l'avait intriguée. Il était terriblement séduisant avec ses cheveux noirs et ses yeux verts perçants, et il l'avait regardée avec… intérêt. Ou autre chose. Il y avait eu un soupçon de chaleur dans son regard, qu'elle avait reconnu après son expérience avec Haywood. Elle aurait dû partir en courant dans la direction opposée, mais elle avait senti qu'il possédait une qualité qu'Haywood n'avait pas : de la maîtrise de soi.

— Pourquoi l'appelle-t-on comme cela ?

Elle souhaita immédiatement pouvoir reprendre sa question. Elle avait toujours été beaucoup trop curieuse, et incapable de le contenir. Lady Dunn se pencha légèrement en avant, montrant un vif intérêt pour le sujet.

— Parce qu'il ne se mêle pas à la Société, et qu'il ne fréquente personne. Il se tient à l'écart. On ne le voit pas, on ne l'approche pas, et on ne lui parle pas.

Il semblait être l'Insaisissable personnifié. Elle lui jeta un regard en coin. Il était grand avec de larges épaules, sa chevelure épaisse retombant en vagues sur son large front. Elle ne pouvait voir que son profil, mais son menton était carré et ses lèvres pulpeuses.

Pulpeuses ?

— Pourquoi est-il ici, alors ?

Bien que son cerveau lui intime d'abandonner le sujet, elle ne semblait pas pouvoir s'arrêter.

— J'espérais que vous pourriez me le dire, ma chère, dit Lady Dunn avec un brin d'humour. Il est peut-être en quête de sa partenaire de danse pour le bal de Lady Satterfield. C'est le seul événement auquel il assiste pendant la Saison, et il ne danse qu'une seule fois, la première danse, avec une dame très spéciale, et très chanceuse.

Lady Dunn était si désireuse de partager ses informations que Nora cessa d'essayer d'étouffer son intérêt.

— Spéciale comment ?

— C'est toujours une femme qui a besoin d'être vue : une vieille fille, une veuve, une jeune fille oubliée quand ses sœurs plus âgée ont été mariées. L'attention qu'il lui porte élève sa position.

Il était peut-être un des Insaisissables, mais il avait aussi un côté héroïque.

Nora lança un autre regard rapide dans sa direction et faillit tomber du canapé. Il la fixait, et elle aurait juré que la chaleur dans son regard s'était intensifiée, comme s'il avait passé la dernière heure à mijoter près de la fenêtre. Nora s'en trouva clairement réchauffée. Et pas du tout mal à l'aise.

Il retourna son attention vers la fenêtre, brisant leur contact visuel. Nora baissa le regard et étudia les petites fleurs de sa robe pour essayer de rétablir son équilibre soudainement ébranlé.

Avant de le surprendre en train de la regarder, elle aurait dit qu'il n'avait aucune conscience des personnes présentes dans le salon. Il faudrait plutôt le surnommer le Duc Distant. Ou peut-être même le Duc Arrogant. C'était injuste. Elle ne savait pas s'il était arrogant. Peut-être avait-il simplement peur des réunions mondaines ou des gens en général. Il était peut-être vraiment le Duc Peureux. Ou le Duc Paranoïaque. Elle se sourit à elle-même en pensant qu'elle pourrait s'amuser toute la journée à lui inventer de nouvelles épithètes. Le Duc Indifférent. Oh oui, cela lui irait plutôt bien.

— Pourquoi souriez-vous, jeune fille ? demanda Lady Dunn.

Tirée de son absurde rêverie, Nora cilla avant de se tourner pour regarder Lady Dunn.

— Je passe simplement un bon moment. Et vous ? Avez-vous besoin de quelque chose ?

— De rien. Il est temps pour moi de partir. Je voudrais être la première à répandre la nouvelle de la présence du Duc Inaccessible, et j'ai encore plusieurs visites à faire.

Elle tendit sa main.

— Aidez-moi à me lever, ma chère.

Nora bondit sur ses pieds et aida Lady Dunn à se mettre debout.

— Ce fut un plaisir de vous rencontrer, Madame.

Même si Lady Dunn était plus petite que Nora, elle réussit à lui donner l'impression de la regarder de haut :

— Je garderai un œil sur vous, Miss Lockhart. J'ai décidé que je vous aime bien. Ne me décevez pas.

Elle cligna de l'œil avant de s'en aller dire au revoir à Lady Satterfield.

Nora réfléchit à la manière d'interroger Lady Satterfield sur le surnom de son beau-fils. Plus tard, après le thé, elle lui raconterait simplement ce que Lady Dunn avait dit.

— Oh Mon Dieu, est-ce réellement Miss Eleanor Lockhart ?

La question retentissante perça les oreilles de Nora comme le cri strident d'un faucon.

Elle pivota et dut réprimer l'expression de dégoût qui envahit immédiatement son visage.

De toutes les personnes qu'elle aurait pu rencontrer aujourd'hui, pourquoi fallait-il qu'elle tombe sur Susannah

Weycombe ? Non, c'était Lady Abercrombie, désormais. Elle s'était fiancée peu de temps après le départ de Londres de Nora, et Nora avait lu dans le journal les détails de son extravagant petit-déjeuner de mariage.

Lady Abercrombie n'était pas seule. Une autre femme qui avait pris grand plaisir à la chute de Nora, Miss Dorothy Cranley, se tenait à son côté. Du moins Nora pensa qu'il s'agissait de Dorothy. Cette femme pesait bien quinze kilos de plus.

Nora força un sourire contraint :

— Bonjour, Lady Abercrombie.

— Vous vous souvenez de Dorothy ? Elle est maintenant Lady Kipp-Landon, dit Lady Abercrombie.

— Oui, bien sûr. C'est un plaisir de vous revoir toutes les deux.

Loin de là, mais Nora ne comptait pas révéler ce qu'elle en pensait *vraiment*.

— Que faites-vous donc à Londres ? demanda Lady Abercrombie, ses yeux marrons grand ouverts et pleins de méchanceté.

Nora indiqua leur hôtesse d'un mouvement de tête :

— Je suis la dame de compagnie de Lady Satterfield.

— Comme c'est… charmant, ricana Lady Kipp-Landon. J'imagine que vous êtes bien heureuse d'être de retour.

Nora s'efforça d'afficher sur ses traits un masque de sérénité. Elle était irritée, mais elle ne le montrerait pas. Elle ne pouvait pas se le permettre.

— Je le suis, merci.

Lady Kipp-Landon s'approcha plus près de Nora.

— Est-ce le Duc Inaccessible là-bas près de la fenêtre ?

Nora n'était pas sûre de savoir à qui elle s'adressait entre elle et Lady Abercrombie, donc elle ne répondit pas.

— C'est *lui*, dit Lady Abercrombie à voix basse.

Elle tourna la tête vers Nora.

— Que fait-il ici ?

Nora ne trouva pas d'autre réponse à faire que : *Ce ne sont pas vos affaires*. Elle cligna des yeux et dit simplement aux deux femmes :

— C'est le thé de sa belle-mère.

Lady Kipp-Landon tripota une de ses boucles d'oreilles.

— Je ne l'ai jamais vu ailleurs qu'au bal de sa belle-mère.

Elle jeta un regard à Lady Abercrombie.

— Pensez-vous qu'il y sera ?

Le bal devait se tenir dans quelques jours.

— Et qu'il dansera ?

Lady Abercrombie hocha lentement la tête.

— Je suppose. Il vient toujours. Un bal. Une danse. Une femme chanceuse qui n'entend plus jamais parler de lui.

Il y avait dans sa voix une nostalgie qui transperça la poitrine de Nora.

Heureusement, Lady Satterfield la regarda et lui fit signe de la rejoindre. Soulagée par cette interruption, Nora gratifia les harpies d'un sourire hypocrite.

— Excusez-moi, je vous prie.

— Certainement.

Lady Abercrombie adressa un sourire suffisant à sa comparse.

— Nous ne voudrions pas vous écarter de vos obligations.

Nora contourna le mobilier, ce qui l'amena à quelques pas du duc. Il tourna de nouveau la tête vers elle. Elle trébucha presque sous le poids de son regard. Sa présence avait quelque chose de palpable, comme s'il était un lion dans sa tanière et qu'il avait pris conscience de la proie à sa portée.

Bêtise, se dit-elle. Mais une bêtise qui la faisait frissonner malgré tout.

Le reste du thé se déroula rapidement, et Nora réussit à garder son attention centrée sur les invités et pas sur le Duc Inaccessible. Ou plutôt, *Kendal*. En fait, quand les derniers invités partirent, elle se tourna vers la fenêtre et vit qu'il n'y était plus. Elle avait curieusement manqué son départ. Dommage.

Lady Satterfield ferma la porte du salon et soupira.

— Mon Dieu, quelle foule aujourd'hui ! Particulièrement à la fin.

Nora se demanda si c'était parce que la rumeur de la présence du Duc Inaccessible s'était répandue.

La comtesse sourit à Nora.

— Comment était-ce, ma chère ? Êtes-vous fatiguée ?

— Pas vraiment. L'après-midi a été très agréable.

Jusqu'à ce que ses anciennes « amies » se montrent.

— Bien. Je sais que nous avions envisagé que votre passé pourrait être évoqué, mais je crois que personne n'a rien dit ?

— En fait, Lady Dunn a été plutôt franche sur mon... erreur de jeunesse.

Le front de Lady Satterfield se plissa d'inquiétude.

— J'aurais dû m'y attendre et faire en sorte que vous ne soyez pas seule avec elle. Toutes mes excuses.

— Il n'y a pas eu de problème. J'ai apprécié son franc-parler.

Nora choisit ses mots suivants avec soin.

— Elle m'a appris que Kendal était surnommé le Duc Inaccessible.

Lady Satterfield s'esclaffa, ses yeux gris étincelants de malice.

— Oh oui, je suis sûre qu'elle vous l'a dit. Et qu'a-t-elle dit d'autre ?

— Seulement qu'il danse avec une partenaire spéciale à votre bal.

— Oui, c'est vrai. C'est l'*affaire* du moment.

Même si Nora mourait d'envie de demander pourquoi il était inaccessible, elle n'osa pas. Elle avait déjà bien assez tenté le diable cette après-midi et s'en était sortie indemne.

Toutefois, elle pouvait se demander comment il avait hérité de ce qualificatif. Une chose était certaine, il renvoyait l'image d'un personnage solitaire. Préférait-il l'isolement que cela lui offrait, ou était-ce une prison comme l'avait été l'exil de Nora ?

∼

Quand la foule s'était densifiée vers la fin de la réception, Titus avait décidé de prendre congé. Il n'avait pas quitté la maison de ville, mais s'était rendu à l'étage dans le bureau de son beau-père pour prendre un verre de brandy.

Son verre était presque vide et il présuma, en raison du manque d'activité en bas, que le thé était maintenant terminé. *Bien*. Il allait pouvoir partir sans croiser personne.

Même s'il apprécierait de croiser Miss Lockhart.

Il l'avait regardée autant qu'il avait osé, et il l'avait surprise à l'observer à plusieurs reprises. Il l'avait vue rire et discuter. Elle semblait charmante. Spirituelle. Probablement intelligente. Du moins, il le suspectait en se basant sur son expression franche et son port d'épaule. Deux commères étaient venues lui parler, et elle avait tranché avec leur fadeur.

La porte du bureau s'ouvrit sur sa belle-mère. Elle lui offrit un large sourire rayonnant.

— Tu es resté presque jusqu'à la fin.

La rendre aussi heureuse en valait la peine.

Elle le regarda avec enthousiasme :

— Oserais-je espérer que tu reviennes ?

— Tout est possible.

Mais pas forcément probable. Il soupçonnait qu'il était devenu une curiosité vers la fin du thé ; sans doute parce que les premiers invités avaient répandu la nouvelle de sa présence à leurs destinations suivantes.

— Êtes-vous sûre de vouloir une telle foule à nouveau ?

Sa belle-mère pencha sa tête sombre sur le côté.

— Hum, peut-être pas.

Elle expira.

— Dommage. Tu sais, tu pourrais juste ignorer ces inepties.

Il cligna des yeux.

— Je le fais. C'est un simple désagrément, et je ne veux pas perturber votre réception.

— C'est très attentionné de ta part, mais ce n'est pas un problème pour moi. Je pourrais supporter toutes sortes de désagréments pour que tu sortes un peu plus de ta coquille.

Ce n'était pas une coquille. Plutôt une forteresse bien gardée pour le protéger de l'absurdité de la Société. Il méprisait le côté m'as-tu-vu, les ragots, les comportements odieux et sans considération. Il ne voulait pas en discuter davantage, alors il changea de sujet.

— Votre dame de compagnie semble assez agréable.

Quelle pâle description. Elle était étourdissante et brillait comme un diamant au milieu du charbon.

— J'en suis très satisfaite.

Des petits plis se formèrent en haut de son nez, et Titus sentit qu'elle allait lui annoncer une Grande Nouvelle.

— Après réflexion, je vais lui demander si elle souhaiterait avoir une vraie Saison, et pas juste comme ma dame de compagnie.

— Que voulez-vous dire ? Vous souhaitez la parrainer ?

Elle acquiesça.

— Oui. On lui a refusé un avenir heureux, et je voudrais lui donner une seconde chance.

Titus serra les dents pour ne pas parler à tort et à travers. Il ne voulait pas qu'elle sache qu'il connaissait bien le passé de Miss Lockhart ; qu'il avait fait partie de cette machine qui lui avait *refusé* cet avenir. Oui, elle avait fait une erreur, mais sa punition avait été rapide et brutale.

Sa belle-mère continua :

— Je me demandais si tu pourrais la choisir comme partenaire pour ta danse à notre bal.

Et voilà. Chaque année, il dansait avec une personne qui avait besoin d'un petit coup de pouce dans la Société. Sa belle-mère avait eu cette idée six ou sept ans auparavant. C'était sa manière de l'encourager à sortir de sa réclusion, même s'il ne s'agissait que d'une soirée ; et pour un objectif aussi noble, il n'avait pas pu refuser. Et il avait accepté à cause de Miss Lockhart. Il avait considéré qu'aider ces quelques femmes soigneusement choisies était sa pénitence pour le rôle qu'il avait joué dans la chute de Miss Lockhart.

Et maintenant il avait l'opportunité de l'aider.

Quelque chose dans la requête le mettait mal à l'aise. Pourquoi ? A cause de son implication neuf ans auparavant ? Ou parce qu'il la trouvait si attirante ? Rien de tout cela n'avait d'importance. Il lui *devait* cette danse.

— Considérez que c'est chose faite.

Elle laissa sa main retomber, souriante.

— Excellent.

— Quelles sont vos ambitions pour Miss Lockhart ? Souhaite-t-elle se marier ?

— Je crois. Nous n'en avons pas discuté sérieusement. J'ai seulement pris cette décision de lui offrir une Saison cette après-midi en voyant son comportement. Tu n'as pas demandé pourquoi elle a besoin de ton appui, mais je vais te le dire. Elle a été évincée de la Société il y a neuf ans pour avoir été surprise en train d'embrasser ce mufle d'Haywood.

Sa belle-mère retroussa son nez.

— Elle a végété à la campagne depuis cela, et maintenant son père ne peut plus l'entretenir. Elle a donc cherché un emploi. Même si j'apprécie sa présence et qu'elle est une excellente compagne, elle mérite sa propre famille.

Titus avait observé le feu qui couvait dans les yeux de sa belle-mère. Elle avait perdu un mari et un enfant, elle ne tenait rien pour acquis et elle cherchait toujours à aider les autres.

— Vous êtes vraiment une personne exceptionnellement gentille, dit-il doucement.

— Je fais juste ce que toute personne décente ferait.

Elle se redressa et le transperça d'un regard direct.

— Maintenant dis-moi, y aurait-il une chance que tu sois prêt à trouver une épouse cette Saison ?

Titus avala rapidement le reste de son brandy et s'étouffa quasiment. Il toussa après avoir dégluti.

— J'ai toujours dit que j'y penserais quand je trouverais la femme adéquate.

Elle lui lança un regard exaspéré.

— Comment peux-tu espérer rencontrer cette perle rare quand tu assistes à une seule réception chaque année ? A moins que tu n'attendes qu'une des filles du Lake District attire ton attention ?

Titus restait chez lui à la campagne autant qu'à Londres. S'il y avait des jeunes femmes autour de sa maison familiale, il n'en avait aucune idée. Quant à sa première question, il ne nourrissait pas l'espoir d'une telle chance.

— Vous êtes celle qui souhaite que je me marie. Pour le moment, je n'y vois aucun intérêt.

Sa belle-mère soupira.

— Non, j'entends bien. Je suis désolée de te harceler, mais c'est mon devoir de mère.

Sa mère.

Elle avait été un soutien permanent et chaleureux pendant la majeure partie de sa vie, lui fournissant équitablement discipline et conseils quand il en avait besoin. Elle avait été anéantie par la mort de son père, mais Titus en avait souffert au plus profond de lui. Il aurait pu prendre un chemin différent. Il aurait pu s'enfoncer dans la débauche, parier et boire à en mourir. Mais cela ne s'était pas produit, et il devait remercier sa belle-mère de l'avoir tiré du précipice. Elle ne l'avait pas blâmé pour ses errances et ne l'avait pas culpabilisé quand il n'avait pas réalisé la gravité de l'état de son père. Elle avait été tendre et aimante, et elle lui avait permis de partager son chagrin.

— Merci, dit-il doucement.

Elle toucha son bras.

— Je suis très fière de toi, que tu choisisses une épouse ou non.

Elle lui adressa le sourire doux et aimant qui l'avait conquis quand il avait cinq ans.

— Et ton père le serait aussi.

Il posa son verre vide sur le buffet et posa un baiser sur sa joue.

— Je vous verrai au bal.

Où il réparerait une erreur vieille de neuf ans et aiderait la jeune femme qu'il aurait dû sauver. Ensuite, il pourrait retourner à sa vie organisée, banale, en se sentant peut-être plus libre qu'il ne l'avait été en bientôt dix ans.

CHAPITRE QUATRE

*L*e cœur battant d'excitation à l'idée du bal qui allait bientôt démarrer en bas, Nora s'examina dans le miroir. Elle se tourna sur le côté, admirant le drapé de sa robe du soir en satin doré. Elle avait une allure élégante et sophistiquée, et elle se sentait belle pour la première fois depuis des années. Et tout cela car Lady Satterfield lui avait donné une seconde chance.

Trois jours auparavant, après le thé, Lady Satterfield l'avait surprise en lui demandant si elle souhaitait participer à une autre Saison. Nora repensa à leur conversation.

Elles se préparaient à aller au parc quand Lady Satterfield avait complimenté Nora pour sa conduite pendant la réception :

— Vous étiez si vivante, avait-elle dit. Vous devriez être plus qu'une dame de compagnie. Vous devriez faire une autre Saison pour avoir une chance de retrouver votre vraie place, peut-être en vous mariant. Le souhaitez-vous ?

Nora l'avait fixée, incapable pendant un instant de comprendre ce qu'elle lui demandait. Quand elle avait finalement retrouvé la parole, elle avait bégayé :

— Ou-oui. Je n'y avais plus pensé ces dernières années, mais oui, j'avais espoir de me marier un jour.

— Alors je vais vous aider à réaliser ce rêve.

— Mais ne croyez-vous pas… Ne croyez-vous pas qu'il est trop tard ? Même sans ce faux pas qui entache ma réputation, j'ai sûrement dépassé l'âge.

Lady Satterfield avait fermement nié cela d'un geste de la tête.

— Je ne pense pas du tout qu'il soit trop tard. Vous êtes très intelligente, avenante *et* attirante. Je crois que nous n'aurons aucune difficulté à vous trouver des prétendants.

Elle avait dit « nous » comme si elles formaient une équipe. Nora avait eu besoin d'éclaircissements. Elle avait du mal à croire à l'offre de la comtesse.

— Allez-vous me parrainer ?

— Bien sûr, ma chère, avait-elle répondu en souriant avec entrain. Quel privilège pour moi !

Nora avait dû retenir ses larmes. Lady Satterfield était la personne la plus gentille qu'elle avait rencontré en dix ans ; non, depuis que sa mère était morte.

Les larmes menaçaient à nouveau, et Nora cilla pour les empêcher de couler. Elle ne pouvait pas descendre avec les yeux rougis, alors qu'elle avait si fière allure. Une des femmes de chambre de l'étage avait réussi l'exploit de discipliner les cheveux de Nora en un chignon élégant, laissant quelques boucles encadrer son visage. La servante était seulement partie chercher un ruban pour parfaire l'ouvrage. Quand elle revint un instant plus tard, Lady Satterfield l'accompagnait, élégante comme toujours dans une robe de soirée bordeaux bordée d'un sobre ruban noir.

La comtesse porta une main à sa bouche.

— Oh mon Dieu, vous êtes belle comme une princesse.

Nora n'essaya pas de cacher sa joie.

— C'est tout à fait ce que je ressens.

Lady Satterfield abaissa sa main, les yeux pétillants de gaieté.

— Bien, une princesse à besoin de quelques bijoux, n'est-ce pas ? Je vous en ai apporté.

Elle ouvrit son autre main pour dévoiler une paire de boucles d'oreilles en forme de papillons en fil d'or et un pendentif assorti.

La délicatesse de la comtesse laissa Nora à nouveau ébahie.

— Ils sont magnifiques, merci.

La femme de chambre attacha le collier autour du cou de Nora sous le regard de Lady Satterfield.

— Êtes-vous prête pour ce soir ?

— Oui, je le suis.

Pourtant, elle était nerveuse. Et si les gens la rejetaient ? Le thé s'était bien déroulé. Il n'y avait eu que Lady Dunn pour faire mention de son passé et les deux harpies pour la traiter comme une indésirable. Mais un bal était une toute autre affaire. Quelqu'un l'inviterait-il à danser, ou allait-elle faire tapisserie ? Pire encore, vieille tapisserie ?

Eh bien, elle ne pouvait pas changer grand chose au côté vieille fille, car à l'âge avancé de vingt-sept ans et toujours célibataire, elle entrait dans le cadre. Mais peut-être allait-elle changer de statut. L'avenir dont elle avait rêvé, avec un mari et une famille, était peut-être à sa portée.

— Je ne vous remercierai jamais assez pour cette chance, dit Nora tandis que la servante l'aidait à enfiler les boucles d'oreilles. Je me demande à quoi je dois une telle opportunité.

Une fois les bijoux en place, la servante noua le ruban autour de la tête de Nora et l'attacha dans ses boucles auburn. Quand elle eut terminé, Lady Satterfield déclara son œuvre achevée et la renvoya.

Seule avec Nora, Lady Satterfield lui offrit un sourire nostalgique.

— J'ai eu une fille il y a longtemps. Je l'ai perdue quand elle était très jeune, et je n'ai pas eu la chance de la voir grandir ou de la guider pendant une Saison. Quand je vous observais l'autre jour, j'ai été frappée par votre charme et votre assurance. J'aime à penser que ma fille se serait aussi bien comportée.

Une fois encore, Nora fut submergée par l'émotion en entendant les compliments de la comtesse.

— J'en suis convaincue, car c'était votre fille.

Elle envisagea un instant d'ajouter que la fille de Lady Satterfield ne se serait jamais conduite comme elle, mais elle renonça à s'appesantir sur le passé. Elle l'avait bien assez fait au cours des dix dernières années.

— Merci. C'est idiot, mais après toutes ces années, elle me manque encore.

Nora ne trouvait pas cela stupide du tout. Elle ressentait la même chose pour sa mère.

— Je crois que les êtres chers que nous perdons restent toujours un peu à nos côtés. Du moins, c'est ainsi que je pense à ma mère.

— C'est une belle image, ma chère. Je suis d'accord.

Lady Satterfield se dirigea vers la porte.

— Allons-nous descendre, maintenant ?

— Oui, allons-y.

Nora la suivit hors de la petite chambre qu'elle occupait au dernier étage de la maison. C'était plutôt une chambre pour un enfant ou une servante de haut rang, mais c'est tout ce que les Satterfield avaient de disponible. La comtesse l'avait joliment aménagée avec un confortable lit à baldaquin, des tentures élégantes, une chaise rembourrée et un petit secrétaire. Il y avait aussi une armoire et, bien sûr, le miroir accroché au mur. La pièce était bondée mais Nora ne se plaignait pas. Elle avait écrit à sa sœur et à son père pour leur raconter son bonheur. Jo avait éclaté de joie, et Nora n'avait pas encore reçu de réponse de son père. Apparemment, il était en train de déménager vers le pré à moutons de sa sœur et son beau-frère.

Elles descendirent les deux étages et Nora retint son souffle en entrant dans le salon. Il était transformé en salle de bal étincelante.

Les portes qui le séparaient d'un autre salon plus petit avaient été ouvertes pour agrandir l'espace. Le mobilier avait été déplacé pendant la matinée, et les trois fenêtres qui donnaient sur Mount Street étaient maintenant grandes ouvertes. Cela permettrait aux convives de sortir sur les petits balcons pour prendre l'air du soir. Des fleurs coupées et des chandeliers rutilants donnaient à l'ensemble un air élégant et sophistiqué.

La pièce du fond accueillait une partie des meubles sortis du salon, ainsi qu'une table de buffet qui serait chargée de nourriture plus tard. À cet instant, elle offrait du ratafia, un rafraîchissement nécessaire quand la température augmenterait. Deux séries de portes ouvraient sur la terrasse qui surplombait le jardin, apportant également un peu de fraîcheur.

Satterfield entra alors dans le salon, suivi du majordome, et le bal démarra peu de temps après. Lady Satterfield avait décidé que les invités commenceraient à danser de bonne heure. Cela deviendrait plus difficile au cours de la soirée, quand la foule affluerait et que la salle se remplirait. Elle avait également expliqué qu'elle ouvrirait le bal avec Satterfield, comme à son habitude.

Pendant la demi-heure suivante, Nora fut présentée à un nombre incalculable de personnes, sans toutefois recevoir d'invitation à danser. Elle avait encore un peu de temps avant que l'orchestre ne démarre, la chance allait peut-être tourner en sa faveur.

— Eleanor ! la surprit la voix haut perchée de Lady Abercrombie, provenant de quelque part sur sa gauche.

La chance pouvait aussi l'abandonner.

Nora se détourna légèrement de la porte du fond, où elle profitait d'une faible brise.

— Bonsoir.

Lady Abercrombie, dont les cheveux blonds étaient artistiquement entrelacés de perles lumineuses, examina la robe de Nora. Elle abaissa son regard et pinça très légèrement ses lèvres, mais suffisamment pour exprimer son dégoût.

— J'ai déjà eu une robe de cette couleur, c'était il y a au moins deux ans.

Même si elle comprit la subtile insulte, Nora ne répondit pas à la pique. Il en faudrait beaucoup plus pour la décontenancer.

Le regard de Lady Abercrombie s'envola au-dessus de Nora et elle souffla doucement :

— C'est lui.

Nora se tourna pour voir Kendal entrer par la terrasse. Le Duc Inaccessible. Il avait dû arriver sur la terrasse par les escaliers extérieurs ; mais pourquoi faire une entrée si discrète ?

Entièrement vêtu de noir, hormis sa cravate d'un blanc neigeux et sa chemise, il incarnait à la perfection son surnom : une forteresse isolée que personne n'espérerait conquérir, ni ne songerait même à essayer.

Comme le jour du thé, il accrocha son regard et *maintenant*, Nora était décontenancée.

De la meilleure des manières.

Il la regardait ouvertement, ses yeux la parcourant de la tête au pieds avant de s'arrêter en exprimant... de l'approbation. Elle avait eu un peu chaud, raison pour laquelle elle se tenait près des portes, mais maintenant elle se sentait fiévreuse.

— Vous connaissez le duc ? chuchota Lady Abercrombie.

Elle regarda Nora avec incrédulité.

— Pas vous ? répondit Nora avec une pointe de sarcasme qu'elle regretta immédiatement.

Bien sûr, Lady Abercrombie le méritait, mais Nora était trop avisée pour tomber dans le piège des provocations de cette harpie.

— Je l'ai rencontré il y a des années, pendant ma première Saison. Vous sortiez aussi à cette époque, mais j'imagine qu'il ne faisait pas partie de vos relations. Je n'aurais pas pensé qu'Haywood en fasse partie non plus, dit-elle un ton plus fort.

Nora se raidit.

— Je me demande s'il sera là ce soir, réfléchit Lady Abercrombie. Je suis certaine qu'il viendra vous présenter ses hommages.

Fini les sarcasmes, elle passait directement à la pure méchanceté.

Nora était sûre qu'Haywood ne viendrait pas, car Lady Satterfield ne l'avait pas invité. Elle plaqua un sourire douce-reux sur ses lèvres et se redressa, ce qui lui donna quelques centimètres supplémentaires sur la petite Lady Abercrombie.

— Tout comme je suis certaine qu'il ne sera pas présent. C'est une réception assez exclusive, voyez-vous. En fait, je me demande même pourquoi vous avez été invitée. C'est une erreur qui ne se répétera pas, j'en suis sûre.

Les narines de Lady Abercrombie se dilatèrent mais, avant qu'elle ne puisse lancer une autre attaque, le duc s'in-terposa et offrit son bras à Nora :

— Miss Lockhart, je crois avoir l'honneur de la première danse ?

Sa voix de baryton glissa sur sa peau comme la soie de sa robe quand elle l'avait enfilée.

— En effet, murmura-t-elle, très heureuse de cette intervention à point nommé. Elle ne prit pas la peine de regarder Lady Abercrombie alors qu'ils se dirigeaient vers la piste de danse. Nul besoin d'observer cette harpie pour apprécier sa déroute.

Mon Dieu. Elle s'était très mal conduite. Elle devait déjà ses premiers ennuis à de telles erreurs de jugement. Et juste sous le nez du Duc Inaccessible.

— J'irai présenter mes excuses à Lady Abercrombie plus tard, dit-elle.

— Pourquoi feriez-vous cela ? demanda-t-il.

Nora écarquilla les yeux alors qu'ils traversaient la foule, qui sembla s'écarter comme par magie à leur entrée dans le salon.

— J'ai été plutôt impolie. J'ai sous-entendu que j'avais mon mot à dire sur la liste des invités de Lady Satterfield. Je dois aussi m'excuser pour ma prétention.

— Ce ne sera pas nécessaire. Ma belle-mère aurait approuvé votre réponse, et si vous n'aviez pas déjà informé cette mégère qu'elle n'était plus la bienvenue à Satterfield House, je m'en serais chargé.

— Lady Satterfield aurait approuvé ma conduite ? demanda-t-elle en levant les yeux sur lui.

Son regard était acéré, de même que sa réponse :

— Avec enthousiasme. Tout comme moi.

Nora réprima un frisson. Elle avait non seulement le soutien total de Lady Satterfield, mais maintenant elle avait aussi l'aval du Duc Inaccessible. L'heure de la revanche avait sonné, mais elle se garda d'exprimer ses pensées. Cependant, se trouver si près de l'attrayant duc rendait la chose difficile.

— Il faut que nous prenions place, dit-il en la guidant sur la piste de danse, où Lord et Lady Satterfield étaient déjà positionnés en tête de la ligne qui se formait. Kendal guida Nora juste à côté de Lady Satterfield, en seconde position. Les musiciens, installés dans le coin éloigné de la salle de bal improvisée, commencèrent à jouer et la panique s'empara de Nora. Se souviendrait-elle des pas ? Allait-elle se ridiculiser, ou pire, le rendre ridicule ?

Elle avait l'impression d'avoir usurpé sa place et d'avoir été propulsée par erreur dans cette histoire. Quelqu'un allait forcément la montrer du doigt et lui dire de partir. Elle était une paria, une réprouvée. Elle n'avait rien à faire ici, et encore moins à danser avec un *duc*.

Mais il était bien trop tard pour fuir. Le morceau avait débuté et la ligne s'étirait le long du salon. Cette danse allait durer un certain temps, pendant lequel Nora serait la cible de tous les regards et de tous les ragots. Elle pouvait déjà entendre les commentaires, et les imaginer se répandre comme un feu de forêt.

— *Regardez qui il a choisi. Qui est cette moins-que-rien ?*

— *Vous ne vous souvenez pas ? Elle s'est compromise il y a neuf ans.*

— *C'est affreux.*

Lord et Lady Satterfield commencèrent à évoluer entre les lignes, encore agiles malgré leur âge.

Nora regarda nerveusement le duc :

— Lady Satterfield est une excellente danseuse.

— En effet, répondit-il de sa belle voix, calmant ainsi ses nerfs à vif. Elle insiste toujours pour participer à la première danse, même si c'est la seule qu'elle dansera.

Nora acquiesça, danser était réservé aux plus jeunes.

Elle essaya de ne pas fixer son partenaire, mais c'était difficile car il se tenait juste en face d'elle et elle *devait* le regarder. Regarder, oui, mais pas béer d'admiration. Pourtant, il méritait qu'on l'admire. Sa réputation lui allait comme un gant, tant il *semblait* appartenir à un autre monde. Rien de mystique, mais plutôt un côté rustique et terre à terre, comme si la Société ne pouvait pas le maîtriser.

Malgré ou peut-être à cause de cela, il portait son habit

avec aisance. Cependant, elle le soupçonnait d'être plus à l'aise en bottes et culottes de cheval, chevauchant à travers Lake District où se situait son domaine, ses cuisses puissantes enserrant les flancs de l'animal pour accompagner son mouvement.

Grands Dieux, d'où lui venait cette image saisissante ?

Leur tour de traverser les lignes arriva. Elle pria pour se souvenir des pas et se concentra sur la musique alors qu'ils s'avançaient l'un vers l'autre.

— Vous avez l'air de vous rendre à l'échafaud, dit-il juste assez fort pour qu'elle seule puisse l'entendre.

— Vraiment ?

Elle tenta de rire mais ne réussit qu'à émettre un petit cri d'oiseau blessé. Elle voulait le questionner, savoir pourquoi il l'avait choisie, et elle se demanda si Lady Satterfield l'y avait poussé. Elle décida finalement qu'elle ne voulait pas le savoir.

— Ce n'est qu'une danse.

Ce commentaire magnifiquement absurde lui arracha un vrai sourire et apaisa un peu son anxiété.

— Avec le « Duc Inaccessible » qui ne danse qu'une seule fois par Saison. Vous avez raison de l'exprimer ainsi. Merci de me rassurer.

Il rit et, comme sa voix, son rire déclencha en elle un frémissement qui semblait prendre naissance dans ses os et se répandre vers la surface de son corps, réchauffant sa poitrine et chatouillant sa peau.

— Ne soyez pas nerveuse, et surtout pas à cause de moi, dit-il d'un ton si sec qu'elle eut peur qu'il ne s'émiette et que le vent ne l'emporte.

— Pour vous, un duc, c'est facile à dire. Mais je ne suis qu'une simple fille qui est restée éloignée de Londres bien longtemps.

— Je vous contredirais bien, mais je ne vais pas en

débattre avec vous. Discuter au milieu d'une danse est le comble de la grossièreté.

— En effet, dit-elle en riant plus franchement.

Il enroula son bras autour de sa taille quand ils passèrent le milieu de la ligne, et ils joignirent leurs mains au-dessus de leurs têtes. Comme sa voix, son toucher la subjugua et la transporta en un autre lieu, où elle n'était ni une paria, ni une vieille fille, mais une femme.

Quand il relâcha sa main, elle ressentit une pointe de regret. Il lâcha ensuite sa taille, et le sentiment empira, mais il l'enveloppa immédiatement de son autre bras et passa derrière elle. Ses mains gantées glissaient sur son corps pendant qu'il tournait autour d'elle. Il s'arrêta à la fin de la ligne et lui fit face, et sa main quitta sa taille. Il lui prit ensuite la main et la ramena à sa place dans la ligne, puis il reprit la sienne en face d'elle.

Le tout avait pris peu de temps mais elle se répéta la scène au ralenti : le mouvement de ses mains, son léger souffle contre son oreille, la sombre promesse enfouie dans son regard quand il avait pris sa main.

Idiote ! Cervelle de moineau ! Il n'y avait aucune promesse, sombre ou pas. Il l'avait dit lui-même, c'était *juste* une danse. Une danse spectaculaire, merveilleuse et délicieuse qu'elle se remémorerait des milliers de fois.

— Qu'espérez-vous de cette Saison à Londres ?

Sa question la surprit. Quoi qu'elle ait attendu d'un homme surnommé le Duc Inaccessible, ce n'était certainement pas une conversation banale.

J'espère me conduire convenablement, fut la première réponse à lui venir aux lèvres, mais elle ne souhaitait pas s'attarder sur ce sujet.

— Je suppose que nous allons faire des promenades à cheval, répondre à des invitations, et je m'attends à embellir les murs de plusieurs dizaines de bals et réceptions.

Elle avait lancé cette dernière remarque un peu comme une boutade, mais elle avait bien peur d'être dans le vrai.

Il leva un sourcil épais.

— Vous ne servirez certainement pas de décor dans les salles de bals. Maintenant que vous avez dansé avec moi, tout le monde voudra danser avec vous.

Elle le croyait. Mais elle avait aussi la déconcertante impression que tous ses futurs partenaires feraient pâle figure en comparaison.

Le couple suivant dansa entre eux et se plaça à la fin de la ligne.

Le volume de la musique les autorisait à se parler, mais leurs voisins pouvaient les entendre. C'était une chose de discuter à côté de ses parents, mais elle ne voulait plus rien dire quand d'autres pouvaient l'écouter. Sans doute car le sujet qu'elle souhaitait aborder touchait à son statut d'inaccessible : comment il avait acquis ce surnom et ce qu'il en pensait. Elle n'en saurait jamais rien, quel dommage.

Finalement, une des questions qui tournoyaient dans sa tête lui échappa :

— Allez-vous partir après notre danse ? demanda-t-elle, pour à nouveau le regretter immédiatement. Toutes mes excuses, ce ne sont pas mes affaires.

— C'est ce que je fais habituellement, oui. Cependant, je pourrais m'attarder un peu.

Son regard fit exactement cela : il s'attarda sur elle. Elle aimait le vert de ses yeux, couleur de mousse sombre, presque comme du velours.

La danse continua et ils échangèrent encore quelques propos aimables. Nora flottait dans une bulle de confort qui éclaterait sans aucun doute dès la fin de cette danse, ce qui était éminent car le dernier couple avançait le long de la ligne.

— Notre danse s'achève, dit Kendal.

— Il y a un autre morceau, n'est-ce pas ?

Il secoua la tête.

— Pas cette fois, ma belle-mère préfère que la première partie ne soit composée que d'une seule danse.

Nora ne le savait pas et en fut inexplicablement déçue. La musique touchait à sa fin et chacun s'inclina ou fit la révérence à son partenaire. Kendal offrit son bras à Nora, et elle posa une main sur sa manche. Elle allait savourer ce moment, sûre qu'il serait unique.

Il la ramena dans la salle des rafraîchissements, et la foule s'écarta à nouveau comme par enchantement. De fait, Kendal semblait toujours projeter une espèce de magie qui rendait les autres serviles.

Ils avancèrent vers Lady Dunn, qui était assise près du mur. Le regard qu'elle posa sur eux était empli d'admiration, ou peut-être d'approbation. Kendal s'en fut et Lady Dunn fit signe à Nora de la rejoindre.

— Bien joué, ma chère, dit la vieille dame. La prochaine fois que nous nous verrons, loin de cette cohue, vous me raconterez tout de cette danse. Je veux connaître le moindre détail, à commencer par la raison qui l'a poussé à vous inviter.

Nora n'avait pas de réponse à cette question qui tournerait en boucle dans son esprit quand elle ne passerait pas son temps à en être simplement heureuse.

CHAPITRE CINQ

*A*près avoir accompli son devoir envers sa belle-mère, Titus monta dans le bureau de Satterfield pour échapper à la frivolité des invités. *Ils n'étaient pas tous pénibles*, se dit-il intérieurement. Une en particulier s'était montrée fascinante.

Il entendait un flot continu de femmes pénétrer dans le boudoir de sa belle-mère, transformé en salle de repos. Il se demanda si l'une d'entre elles était Miss Lockhart, avec ses yeux brun doré et son charmant sourire.

Sa danse annuelle avait toujours été un devoir, mais ce soir il l'avait appréciée plus que jamais. Miss Lockhart s'était montrée agréable et ouverte. Il avait dû se retenir de rire ouvertement à la manière dont elle avait remis cette précieuse ridicule en place. Il ne s'était pas senti aussi bien avec une personne n'appartenant pas à son cercle intime depuis longtemps. Peut-être même jamais.

Et d'ailleurs, qui faisait partie de son « cercle intime » ? Sa belle-mère, bien sûr, et Satterfield. Son intendant à Lake-moor, son secrétaire ici à Londres, probablement son valet et peut-être ses majordomes. Peut-être aussi son chef d'écurie à Lakemoor. Il fut un temps où il aurait aussi compté le groupe d'amis avec qui il avait passé sa jeunesse, mais il les avait laissés derrière lui quand il avait fui leur mode de vie. Certains d'entre eux avaient mûri un peu, alors que d'autres menaient toujours la même vie de débauche. Il était cordial avec quelques-uns avec qui il discutait politique ou autre, mais il ne les fréquentait plus.

Certes, il était solitaire, mais pas seul comme sa belle-mère le supposait et il aimait qu'il en soit ainsi.

Comme si penser à elle l'avait invoquée, la porte s'ouvrit et Lady Satterfield entra et dit :

— Tu es là. Harley m'a dit que tu n'étais pas parti et j'ai eu peine à y croire.

Titus avait discuté brièvement avec le majordome des Satterfield avant de monter à l'étage. Tout comme il avait été surpris de l'apparition de Titus au thé, il avait semblé ébahi d'apprendre qu'il ne partirait pas immédiatement après avoir rendu service à Lady Satterfield.

Titus haussa les épaules et but une gorgée du whisky qu'il avait trouvé dans l'armoire de son beau-père.

— J'avais simplement besoin d'un peu de calme.

— Est-ce que tu comptes retourner au bal ? demanda-t-elle avec peut-être une touche d'espoir.

Il haussa à nouveau les épaules. Elle secoua la tête en souriant.

— Tu n'as pas besoin de rester. J'ai apprécié que tu danses avec Nora.

*N*ora. Il essayait de penser à elle en tant que Miss Lockhart, mais une étincelle de sensualité avait embrasé son cerveau au moment où il avait entendu son prénom, et il n'y arrivait pas. Il devrait peut-être arrêter de faire semblant, au moins en pensée.

— Est-ce que cela l'a aidée ? demanda-t-il.

Sa belle-mère soupira.

— Je n'en suis pas encore sûre. Elle a reçu une deuxième invitation à danser et Lady Dunn, Dieu bénisse cette femme malgré son penchant pour les ragots, lui a donné son aval.

Elle fit une moue dépitée.

— Mais d'autres femmes, que Nora a dû rencontrer par le passé, n'ont pas été aussi bienveillantes.

Titus ressentit un besoin urgent de retourner au bal et de fusiller du regard la garce qui avait ennuyé Nora.

— Oui, j'ai entendu l'une d'entre elles lui parler. Je ne connais pas son nom, mais demandez à Miss Lockhart. Elle ne doit plus jamais être invitée à Satterfield House.

Sa belle-mère leva un sourcil.

— Vraiment ? Il semblerait que tu aies volé à son secours.

Titus ne voulait pas révéler la culpabilité qu'il ressentait envers Nora, ni le fait qu'il se sentait tenu de l'aider.

— Je fais ce que vous m'avez demandé, j'élève son statut.

— Et j'en suis heureuse. Alors cela ne t'ennuiera peut-être pas de continuer à la soutenir. Nous devons nous rendre au pique-nique de Lady Fitzgibbon à Brexham Hall dans quelques jours. Nous accompagneras-tu ?

Titus ne pouvait pas imaginer un endroit où il avait moins envie d'aller. L'idée de passer toute une après-midi en compagnie de pairs insipides lui donnait la chair de poule. Il fut un temps où il aurait pris plaisir à une telle absurdité, mais maintenant il préférerait rencontrer son intendant ou se plonger dans un roman ou un traité.

Toutefois, Nora y assisterait. Cette réception qui s'annonçait ennuyeuse paraissait tout de suite plus distrayante.

— Tu n'as pas besoin d'y rester longtemps, lui dit sa belle-mère. Avec un peu de chance, d'ici là elle aura réussi à rentrer

un peu en grâce, peut-être même attiré un ou deux prétendants. Et ton attention permanente ne fera que consolider
son statut.

Il y aurait forcément des prétendants. Elle cherchait un
mari, n'est-ce pas ? Malgré tout, l'idée qu'un gentilhomme la
courtise suffit à provoquer un agacement inexplicable.

— Je ferai une apparition. Cela suffira-t-il ?

Ses sourcils s'arquèrent gracieusement sous l'effet de la
surprise.

— Ce sera bien assez. Je m'attendais à un refus.

Pour toute autre que Nora, il aurait refusé. Mais il se
sentait obligé de soutenir sa cause. Ce n'était peut-être pas
lui qui l'avait compromise, mais il aurait tout aussi bien pu
être là à encourager Haywood.

— Tu es peut-être enfin en train de baisser ta garde.

Sa belle-mère haussa une épaule et lui fit un sourire
timide.

— Qui sait, tu vas peut-être même trouver une épouse.

— Ne mettons pas la charrue avant les bœufs.

Il avala le reste de son whisky.

— Jamais, rigola-t-elle. Et de toute façon, je suis très
heureuse de parrainer Miss Lockhart. Quand j'aurai assuré
son avenir, je m'occuperai d'une autre jeune femme. C'est
très stimulant.

Son sourire était teinté de tristesse.

— Cela me fait penser à Eliza.

Elle parlait de la demi-sœur de Titus, morte à l'âge de
trois ans quand il en avait dix. Elle n'avait pas eu d'autre
enfant après elle, ce qui expliquait son envie d'aider Nora. Il
posa son verre vide sur le buffet et prit la main gantée de sa
belle-mère.

— Je suis désolé que cela fasse remonter de tels
souvenirs.

Elle serra ses doigts puis lâcha sa main.

— Pas moi. Et le passé n'est pas enterré, Eliza est toujours avec moi.

Elle toucha délicatement sa poitrine au-dessus du cœur avant de remonter son gant sur son coude.

— Je m'inquiète pour toi, en revanche. Es-tu vraiment heureux tout seul ?

— Aussi heureux que j'aie besoin de l'être.

Il aurait dû dire *que j'aie le droit de l'être,* mais cela aurait soulevé trop d'interrogations et d'inquiétudes inutiles.

— Je serai plus heureux dès que j'aurai quitté ce bal.

En fait, pourquoi était-il encore là ?

Une image de Nora, son port de tête fier et l'angle obstiné de son menton quand elle avait rembarré cette femme, s'afficha dans son esprit. Il se réprimanda silencieusement : il avait perdu une bonne heure, et même plus, qu'il aurait pu passer à son club ou dans sa bibliothèque. Ou mieux encore, dans les bras de sa maîtresse.

Sa belle-mère se dirigea vers la porte.

— J'ai bien peur de devoir retourner en bas. Je suis partie trop longtemps. Viens-tu avec moi ou préfères-tu t'en aller ? demanda-t-elle en franchissant le seuil.

— Je m'en vais.

— Bonne nuit, alors.

Elle lui lança un baiser et s'en fut.

Titus la suivit hors de la pièce, mais en descendant les escaliers arrière, il se demanda s'il irait vraiment voir sa maîtresse. Il ne l'avait pas rencontrée depuis cette première nuit, disons, une semaine auparavant ? La nuit précédant sa rencontre avec Nora.

Serrant les dents, il décida de rendre visite à Isabelle. Il devait reprendre sa routine londonienne, ce qui impliquait des rendez-vous réguliers avec sa maîtresse. Mais il ne pensait pas à sa magnifique courtisane en montant dans son carrosse. Non, il pensait à des yeux fauves et des lèvres rose sombre qui appartenaient à une femme qu'il ne pourrait jamais avoir.

~

*D*eux nuits plus tard, Nora et Lady Satterfield assistaient à une soirée au domicile de Lord Bunting. Ce n'était pas la cohue, mais la foule était plus dense que Nora ne l'avait envisagé. Elle avait oublié à quel point tout Londres recherchait des distractions nocturnes. En contrepartie, les neufs dernières années de sa vie paraissaient encore plus incroyablement calmes et douloureusement solitaires.

Bien qu'elle n'ait pas eu besoin du tourbillon mondain pour s'en rendre compte.

Elle avait été bien trop consciente de sa solitude, et du fait qu'elle serait toujours seule. Jusqu'à ce qu'elle ne le soit plus... Malgré tout, être projetée de nouveau au cœur de cette folie lui semblait étrange.

Le voyait-elle ainsi désormais ? Une folie ?

Oui, car *tout le monde* reconnaîtrait que la Saison londo- nienne était ébouriffante, épouvantable et complètement folle.

Alors pourquoi était-elle ici ?

Parce qu'elle ne voulait pas revenir en arrière, et qu'elle ne le pouvait pas à cause des erreurs de son père. Cependant, elle n'avait pas besoin de faire *cela*. Elle pourrait se contenter de travailler comme dame de compagnie. Mais comment ignorer la perspective d'un mari, d'une famille et d'une vie calme et confortable ?

— Nora ?

Lady Satterfield interrompit la rêverie de Nora, les femmes s'étant retirées au salon après le souper.

Nora s'aperçut qu'elle n'avait pas prêté attention à la

conversation autour d'elle et se réprimanda silencieusement. Elle ne souhaitait pas embarrasser Lady Satterfield.

— Je me demandais quand nous allions danser, dit-elle dans un effort pour masquer sa distraction.

Lady Satterfield plissa le front de manière fugace.

— Lady Bunting vient juste d'annoncer que le salon est prêt. Nous devrions y aller.

Les autres femmes commencèrent à se lever et Nora frémit d'avoir été surprise à mentir. Elle se mit debout et Lady Satterfield s'approcha d'elle :

— Tout va bien. Si vous êtes fatiguée, nous pouvons rentrer de bonne heure.

Nora aurait voulu étreindre la comtesse, la remercier pour sa compréhension et sa compassion. Mais elle n'était pas fatiguée. Elle était simplement… Elle ne savait pas exactement

ce qu'elle était. Elle décida qu'elle était impatiente à l'idée de danser. Oui, c'était une des choses qu'elle aimait à Londres, et elle avait la chance de pouvoir y prendre part à nouveau.

— Merci, mais j'aimerais rester. J'étais juste perdue dans mes pensées.

Nora quitta le boudoir aux côtés de Lady Satterfield.

Dès qu'elles entrèrent dans le salon, Nora fut assaillie par trois gentilshommes qui réclamèrent une danse. Elle en promit une à chacun et ils repartirent en attendant que la musique débute.

Lady Satterfield lui fit un sourire éblouissant.

— Mon Dieu, c'était fantastique, n'est-ce pas ?

Nora ne savait pas trop quoi répondre. Après avoir dansé avec Kendal le soir du bal, elle avait eu deux autres invitations. Elle avait supposé qu'elle devait cette attention, qu'elle avait appréciée, à la caution de son hôtesse. Toutefois, ce soir elle n'était qu'une invitée parmi les autres. Mais une invitée assez recherchée.

Malgré cela, elle ne pouvait s'empêcher d'être méfiante, à cause des années passées en exil et des circonstances de son départ. Elle se tourna vers Lady Satterfield.

— Savez-vous pourquoi ils m'ont invitée ?

Lady Satterfield émit un léger rire.

— Vous êtes séduisante, intelligente et vous avez passé l'âge de minauder. Je suppose que cela va attirer un grand nombre de messieurs.

Nora se demanda si la modeste dot, dont Lord et Lady Satterfield avaient insisté pour la munir, y était aussi pour quelque chose. Sans doute, mais ainsi allait le monde. On se mariait pour de multiples raisons, et l'intérêt financier en faisait partie. Nora n'essayait-elle pas d'améliorer sa propre situation ? Elle ne cherchait pas forcément un titre ou beaucoup d'argent, mais elle *désirait* être à l'aise.

Son premier partenaire était Lord Markham, un comte trentenaire aux tempes dégarnies et au sourire chaleureux. Il avait passé les dix dernières années au service du gouvernement et, d'après Lady Satterfield, cherchait désormais une épouse.

Ils parlèrent de Londres, ses distractions et ses activités de plein air. C'était un homme affable et Nora prit plaisir à leur danse. Celle-ci se termina rapidement et elle se dirigea vers son

cavalier suivant, M. Reginald Dawson. Ils échangèrent également des propos aimables. Un peu plus jeune que Lord Markham, Dawson était veuf avec deux jeunes enfants. Il ne cachait pas qu'il cherchait une nouvelle épouse, une qui ne rechignerait pas à endosser le rôle de mère.

— J'imagine que je vais avoir du mal à trouver une femme qui s'accommodera d'une famille toute faite, dit-il en regardant Nora quand la danse s'achevait.

Nora y réfléchit, et décida qu'une famille instantanée ne l'effrayait pas. Elle n'avait quasiment aucune expérience avec les enfants, mais l'idée ne lui faisait pas peur, car elle voulait de tout son cœur une famille bien à elle.

— Oh, je ne sais pas, dit-elle en prenant son bras pour qu'il puisse la mener hors du parquet. Vous pourriez être surpris, M. Dawson.

Il lui lança un regard surpris, qui fit pétiller ses yeux marron foncé.

— Vraiment ? C'est bon à savoir.

Dawson la guida vers la table des rafraîchissements, où elle accepta un verre de ratafia.

— Merci pour cette danse, dit Dawson en souriant. J'attendrai notre prochaine rencontre avec impatience.

Il s'inclina galamment, et elle lui répondit par une révérence.

Dès qu'il tourna les talons, une femme approcha et Nora manqua de s'étouffer avec sa boisson. C'était Lady Kipp-Landon, qu'elle avait retrouvée à la réception de Lady Satterfield.

Nora considéra la femme avec une bonne dose de suspicion et chercha des yeux son amie, la dédaigneuse Lady Abercrombie. Dieu merci, elle n'était nulle part en vue.

Les lèvres de Lady Kipp-Landon s'étirèrent en un affreux sourire. Du moins Nora le jugea ainsi. Quelque chose sonnait faux, sans doute à cause de ses paroles :

— Quel plaisir de vous voir ici, Miss Lockhart. Et quelle jolie robe.

Son regard descendit sur la tenue de Nora, qui était d'une couleur dorée un ton plus clair que celle qu'elle avait portée au bal de Lady Satterfield, une couleur dont Lady Abercrombie s'était moquée.

Le diable chuchota à l'oreille de Nora.

— La couleur ne vous paraît pas trop passée de mode ? demanda-t-elle.

Les yeux de Lady Kipp-Landon s'écarquillèrent brièvement.

— Oh non, non pas du tout. C'est ravissant sur vous. J'ai vu que vous avez dansé avec Lord Markham.

Elle s'approcha de Nora comme si elles étaient amies.

— A-t-il l'intention de vous courtiser ?

Pendant un moment, Nora resta plantée là à se demander si elle rêvait. Lady Kipp-Landon pensait-elle vraiment qu'elles étaient amies ?

— Je n'en sais rien, murmura-t-elle. Excusez-moi, je dois trouver la salle de repos.

— Bien entendu. C'est à l'étage, vous ne pouvez pas vous tromper.

Son visage s'éclaira.

— Ce fut un bonheur de discuter avec vous. Nous nous verrons peut-être au parc demain.

Nora ne put s'empêcher de regarder cette femme comme s'il lui était poussé une deuxième tête. Elle avait croisé Lady Kipp-Landon et Lady Abercrombie au parc le lendemain du bal de Lady Satterfield, et elles ne lui avaient pas adressé la parole. Qu'est-ce qui avait changé ?

Elle se rendit à la salle de repos et eut la chance d'y trouver Lady Satterfield, qui la prit à part :

— Comment se déroule votre soirée ?

— Bien, merci. Je viens de danser avec M. Dawson.

— Très bien. Et comment cela s'est-il passé ?

— Bien.

Nora avait hésité avant de répondre. Pas à cause de la danse avec Dawson, mais car elle repensait à l'étrange conduite de Lady Kipp-Landon.

Lady Satterfield regarda Nora avec attention, comme si

elle ressentait son malaise. Elle baissa la voix et tourna le dos au reste de la pièce.

— Y a-t-il autre chose ?

Nora parcourut la salle du regard. Elle était vide à part une vieille dame assise sur une chaise dans un coin.

— Lady Kipp-Landon est venue me parler... comme si nous étions amies.

— Et qu'a-t-elle dit ? demanda Lady Satterfield en fronçant les sourcils.

— Elle m'a interrogée sur Lord Markham et complimentée sur ma robe. Et elle m'a dit attendre notre prochaine rencontre au parc.

Lady Satterfield se souvenait de sa conduite envers Nora, et surtout de celle de Lady Abercrombie au cours du bal. Comme il l'avait promis, Kendal avait parlé à sa belle-mère, et Lady Abercrombie avait été définitivement rayée de la liste des invités de la comtesse.

Les yeux gris de Lady Satterfield s'illuminèrent.

— Je vois ce qui se trame. Lady Kipp-Landon s'est aperçue que vous deveniez populaire. Vous avez attiré l'attention de plusieurs gentilshommes, dont un comte. Il vaut mieux pour elle que vous soyez son alliée plutôt que son ennemie.

Nora secoua la tête avec dégoût.

— Mais ce n'est qu'un subterfuge ! Elle ne *veut* pas réellement être mon amie.

— Probablement pas, dit gentiment Lady Satterfield. Et vous n'avez pas besoin de sympathiser avec elle, non plus. Cependant, je ne saurais trop vous conseiller d'être aimable, cela servira votre cause.

Donc Nora devrait elle aussi avoir recours au mensonge si elle voulait atteindre son but et trouver un mari. Dès son jeune âge, elle avait su qu'il fallait porter un masque pour être acceptée et attirer des soupirants. Maintenant qu'elle était plus vieille, elle n'était plus certaine de vouloir le faire. Son malaise ne se dissipait pas.

Lady Satterfield fronça légèrement les sourcils.

— Vous semblez toujours hésitante. Puis-je vous aider ?

Nora ne voulait pas l'inquiéter.

— Non, c'est juste que je n'ai plus l'habitude.

La comtesse s'égaya.

— Bien sûr. Tout est chamboulé. Vous ne devez pas avoir peur de vous sentir dépassée ou indécise. Vous allez rapidement reprendre pied, vous verrez.

Lady Satterfield toucha son bras.

— Mais si vous souhaitez quitter n'importe quelle réception, vous n'avez qu'à me le dire. Votre bien-être est ma priorité, très chère.

— Vous êtes vraiment un don du ciel, dit Nora en souriant à sa bienfaitrice.

Lady Satterfield se mit à rire.

— Je ne suis pas sûre que mon mari ou mon beau-fils seraient d'accord avec vous.

— Fadaises. Ils vous adorent tous les deux.

— Oui, mais cela ne signifie pas que je ne teste pas leur patience de temps en temps, dit-elle en faisant un clin d'œil à Nora. Venez, je vais attendre que vous vous rafraîchissiez et nous retournerons en bas. Vous avez encore une danse de prévue, il me semble ?

Nora acquiesça. Elle fit une brève toilette et elles redescendirent à la fête. En commençant sa danse suivante, Nora espérait que Lady Satterfield avait vu juste et qu'elle serait bientôt à l'aise. L'autre hypothèse, le fait qu'elle n'aimait pas cette vie, faisait son chemin dans son esprit.

Elle serait peut-être assez chanceuse pour trouver un mari qui lui offrirait une vie tranquille à la campagne, comme elle y était habituée. Qui sait ? Quelqu'un comme M. Dawson. Certainement pas un Insaisissable comme le duc de Kendal. Cela avait été son but pendant ses premières Saisons, un rêve étincelant qu'elle avait follement pensé pouvoir atteindre.

Cette fois elle cernait mieux ses possibilités, de même que les enjeux. Et elle comptait bien ne pas devenir une nouvelle fois la victime des vicissitudes de la Société.

CHAPITRE SIX

*B*rexham Hall, la résidence londonienne de Lord Fitzgibbon, était une maison de style palladien d'une centaine d'années entourée de deux cents hectares de terrain. Sa splendeur et la proximité avec la ville en faisaient un des havres préférés du gratin. A ce titre, Titus n'y était venu que quelques fois et jamais pour le pique-nique annuel de Lady Fitzgibbon.

Les personnes qui se rendaient au pique-nique avaient formé un genre de file le long de l'allée et les Satterfield, Nora y compris, finissaient de saluer leurs hôtes. Titus était venu à cheval et s'était rendu directement aux écuries, il doublait maintenant la file.

Nora penchait la tête sur le côté et un bonnet à larges bords protégeait son visage, à la fois du soleil éclatant et de sa vue. Peu importe, il se souvenait de la pente de son nez, de la courbe généreuse de sa lèvre inférieure et de l'étincelle chaleureuse dans ses yeux fauves. Ces mêmes traits qui avaient hanté ses rêves. Et quand il en cherchait la cause, il accusait sa culpabilité. Avec un peu de chance, sa mission du jour allait le libérer.

Titus se dirigea vers eux quand ils quittèrent la file pour avancer dans l'allée. Il eut vaguement conscience que les gens le fixaient quand il passait. Depuis la mort de son père, il n'avait pas assisté à autant de réceptions : le thé, le bal et maintenant le pique-nique, ni aussi fréquemment. Son beau-père l'aperçut le premier et pencha la tête pour parler à son épouse.

Elle se tourna pour l'accueillir.

— Ah, Kendal, je me réjouis de te voir ici.

Elle tourna la tête vers Nora.

— Regardez qui est là, Nora.

Nora se retourna et leva la tête. Ses chauds yeux bruns, si francs et expressifs, le captivèrent.

— Bonjour, Votre Grâce.

Il prit sa main et déposa un baiser sur le dos de son gant. L'accessoire l'irrita car il aurait préféré embrasser sa peau nue.

— Bonjour. C'est une belle journée pour un pique-nique.

Cette réflexion inepte sonna creux à ses oreilles. Cela faisait des lustres qu'il ne s'était pas autorisé un bavardage aussi futile. Sa belle-mère sourit largement.

— Il fait particulièrement beau aujourd'hui. Je ne me souviens pas d'un pique-nique de Lady Fitzgibbon béni par un temps si clément. Kendal, viens avec nous jusqu'à notre couverture.

Elle prit le bras de son mari et ouvrit la voie. Titus tendit son bras à Nora. Elle enroula sa main autour de sa manche et le corps de Titus s'éveilla. Bon sang.

Il s'efforça d'ignorer ses charmes.

— Vous semblez continuer à occuper ma belle-mère.

Nora lui lança un regard énigmatique, presque inquisiteur, mais elle ne posa aucune question.

— Nous avons amélioré ma garde-robe. Elle a été

incroyablement généreuse. Elle dit prendre plaisir à aider et guider une jeune femme.

Elle secoua la tête, les lèvres incurvées en un demi-sourire d'autodérision.

— Je me demande vraiment ce que j'ai fait pour avoir droit à autant de gentillesse.

Oui, c'était *sa* question : pourquoi elle ?

Parce qu'elle le méritait.

— Pourquoi auriez-vous fait quelque chose ? demanda Titus. Ma belle-mère est une personne d'une nature exceptionnellement bienveillante. Je ne suis pas surpris le moins du monde qu'elle veuille vous parrainer.

Ils arrivèrent en haut d'une petite colline, et l'aire de pique-nique se dévoila à eux. Des dizaines de couvertures de toutes les couleurs étaient arrangées sur l'herbe verdoyante, aussi élégamment que pour un souper de la Société. L'idée de partager Nora avec une nuée de gens ennuya Titus autant que le gant sur sa main. Ridicule ! Il était là pour s'assurer qu'on l'accepte et garantir son succès. Il n'avait aucun intérêt personnel ni enjeu autre que de rectifier le tort qu'il lui avait causé.

Il chercha à maintenir une conversation anodine. Après tout, il avait été très doué pour charmer les jeunes femmes avec ses talents oratoires. En y repensant, c'était dans une autre vie.

— Êtes-vous déjà venue à Brexham Hall ?

Elle le regarda avec méfiance, et son expression était empreinte d'incrédulité.

— Grands Dieux, non ! Ma position pendant mes Saisons n'était pas assez élevée. Brexham Hall est le territoire des Insaisissables.

— Et que diable sont donc les Insaisissables ?

Elle rit, et il se délecta du son profond et guttural.

— Voilà qui est parler comme un authentique Insaisissable.

Elle le regarda à nouveau, en l'étudiant plus en détail.

— Dois-je vous expliquer ?

— Non, je pense que j'ai saisi.

Il s'efforça de ne pas grimacer. Cette ségrégation au sein
même de la classe supérieure était une autre des raisons qui
lui faisait détester la Société. Il ne souhaitait pas qu'on lui
dicte qui il devait apprécier ou fréquenter. Ou avec qui il
devait danser. Ou de qui il devait tomber amoureux.

Non qu'il y ait aucun danger pour *ça*.

— Je ne voulais pas vous offenser, dit-elle doucement.

Ce n'était pas le cas, mais il reconnut qu'il ne lui montrait
pas son meilleur côté. Avait-il d'ailleurs un *bon* côté ? Cela
faisait longtemps qu'il avait cessé de se conduire de manière
à attirer les sourires et la considération, mais quand il en
avait eu envie par le passé, il n'avait pas eu à faire d'effort.
Que lui était-il arrivé entre-temps ? Une sensation permanente de dégoût pour sa conduite juvénile et une bonne dose
de cynisme générée par ceux-là même qu'il avait appelés
« ses amis ».

Cependant, Nora n'était pas une de ces personnes. Elle
était celle qui lui permettait de se détendre et de baisser sa
garde, s'il le souhaitait.

Il étudia son profil mutin.

Oui, il le souhaitait, mais il ne le ferait pas. Nul besoin
car leur association serait malheureusement de courte
durée.

— C'est à moi de m'excuser, j'ai peur de ne pas être très
sociable, dit-il.

— Vous avez été parfait au bal de votre belle-mère.

Il lui adressa un sourire ironique.

— J'ai beaucoup d'expérience pour cette occasion particu-
lière. Vous vous rappelez que c'est ma sortie annuelle ?

Elle rit de nouveau, et le son s'infiltra en lui, déclenchant une émotion importune : du *désir*.

— Je m'en souviens. Et même si j'oubliais, nombreux sont ceux qui me le rappelleraient.

Il ne put s'empêcher de joindre son rire au sien.

— C'est tout à fait exact. Quelle situation déplorable !

Elle ajusta la position de sa main sur son bras, ce qui envoya une onde de choc directement dans son abdomen.

— Que les gens parlent de vous ?

— Je me moque que les gens parlent de moi. Comme vous l'avez si justement dit, je suis insaisissable. Mais beaucoup ne le sont pas. Et je trouve odieux les ragots et la tendance qu'a la Société à fourrer son nez dans les affaires des autres.

Son regard se chargea d'approbation.

— Vous êtes bien véhément !

— Comme tout individu doté d'un cerveau devrait l'être.

Elle serra les lèvres et il eut la sensation qu'elle se retenait de trop sourire.

— Je suis d'accord.

Lui s'autorisa à sourire.

— J'en étais sûr.

Elle avait déjà prouvé qu'elle possédait une vive intelligence et un humour délicieux la nuit du bal. Jusque là, il n'avait encore jamais rencontré une jeune femme comme elle.

Elle plissa les yeux d'une manière espiègle, presque coquette.

— Votre Grâce, je pense que vous pouvez *parfaitement* être sociable. Vous êtes en train de me flatter.

Il semblerait qu'il n'ait pas tout oublié.

— Ce n'est que de la chance.

— Oh ? Vous ne cherchiez pas à être élogieux ?

Tout à fait coquette, à en juger par son ton espiègle.

Son entrain était communicatif.

— Vous voyez ? Je vous ai dit que je n'étais pas doué pour le badinage. Je n'ai pas essayé de vous charmer. Je ne cherche à charmer personne.

Plus maintenant.

— Et c'est exactement ce que j'ai trouvé si... charmant, murmura-t-elle, les yeux rayonnant comme de l'ambre sombre.

Ils avaient suivi le chemin qui les menait au pique-nique et ils se dirigeaient maintenant vers la couverture qui leur était assignée. Le terrain était plat, mais au-delà de l'aire de pique-nique, le sol descendait gentiment vers le petit lac, où une poignée de bateaux flottait près de la grève. Quelques valets de pied attendaient, prêts à aider les pique-niqueurs à monter dans les embarcations.

Nora montra le lac du doigt.

— Oh, il y a des bateaux !

Sa joie sans fard lui arracha un nouveau sourire.

Sa belle-mère se retourna en entendant l'exclamation de Nora.

— Bien entendu. Nous verrons si nous arrivons à persuader Mr. Dawson de vous embarquer sur l'un d'entre eux.

Elle lança un sourire malicieux à sa protégée.

Dawson ? Qui diable était Dawson ?

Titus avait presque oublié que le but était d'offrir une Saison à Nora et, plus encore, la chance de trouver le mari qu'on lui avait refusé. Il avait bien pensé à l'emmener lui-même sur le lac, mais il valait mieux qu'elle y aille avec quelqu'un d'autre. Quelqu'un qu'elle pourrait épouser. Il n'était *pas* ce quelqu'un. Une épouse ferait intrusion dans sa chère solitude et, par ailleurs, Nora ne voudrait certainement pas de lui alors qu'il était responsable de sa disgrâce.

Sa belle-mère le regarda avec satisfaction.

— Il a dansé avec Miss Lockhart hier soir. Comme

plusieurs autres gentilshommes. Miss Lockhart devient très populaire.

Nora rougit et évita le regard de Titus.

— C'est beaucoup dire.

La bouche de Titus prit un pli menaçant qu'il réussit à transformer en une simple grimace, puis en un sourire. Encore.

— Comme c'est charmant !

— Asseyons-nous, dit Lady Satterfield.

Titus abandonna à regret le contact électrifiant de Nora.

— Je ne reste pas.

Nora plongea son regard dans le sien, apparemment très déçue.

— Vous ne restez pas ?

Sa belle-mère le regarda de côté.

— J'espérais que tu resterais plus longtemps.

Ses yeux se rapprochèrent et il comprit qu'il n'échapperait pas à une explication, tout de suite ou plus tard.

Son beau-père se mêla à la discussion, mais pas comme Titus l'aurait souhaité.

— Venez, Miss Lockhart, asseyons-nous.

Et il la guida jusqu'à la couverture.

Lady Satterfield emmena Titus à une distance respectable des couvertures et, plus important, des oreilles indiscrètes. Donc l'interrogatoire était pour maintenant.

— Tu ne peux pas rester encore un peu ?

— Pourquoi faire ? Vous tirez déjà les ficelles de ce Dawson, n'est-ce pas ? Et celles de plusieurs autres gentils-hommes ? J'ai fait ce que j'avais promis.

Elle l'examina avec un léger froncement de sourcils.

— Tu as l'air chagriné. Tu as un problème avec Dawson ?

Diable ! Il ne connaissait même pas le bonhomme. Tout ce qu'il savait, c'est que l'idée qu'il, ou n'importe qui d'autre, courtise Nora piquait comme une écharde sous l'ongle de son pouce.

— Je suis certain que Dawson est remarquable.

Il fit même un effort pour ne pas grincer des dents. Elle le scruta avec espoir.

— Y a-t-il la moindre chance que *tu* sois intéressé par Miss Lockhart ?

Intéressé. Ce mot signifiait tant de choses. Est-ce qu'il voulait discuter avec elle de banalités comme la météo ou la couleur de l'océan ? Oui. Est-ce qu'il voulait danser avec elle ou l'emmener canoter sur un tout petit lac ? Oui et encore oui. Est-ce qu'il désirait la chaleur de son regard sur lui, le toucher de sa main, ses lèvres sur les siennes ? Oh Bon Dieu, oui !

Il la regarda, assise sur la couverture à côté de son beau-père. Il pouvait presque sentir son parfum de lilas.

— Non, dit-il fermement. Même si le son de ce mot étriqué ressemblait péniblement à la sensation de ses culottes étranglant son membre qui s'érigeait. Il était plus que temps de partir.

Sa belle-mère lui répondit par un regard qui montrait qu'elle ne le croyait pas totalement. Mais il ne prit pas la peine d'en débattre.

— Eh bien, si tu l'étais, je te soutiendrais.

Bien sûr, elle le ferait. Elle ne se soucierait pas de savoir s'il courtisait une lavandière ou une princesse. Elle voulait juste qu'il soit heureux. Et c'était pour cela qu'il l'aimait.

— Je pars maintenant.

Il fit un pas sur le chemin.

— Tu viendras dîner plus tard ? demanda-t-elle.

Pendant la Saison, il venait généralement dîner avec eux environ une fois par semaine. Mais c'était quand ils n'étaient que tous les trois. Maintenant Nora était là, et elle l'attirait beaucoup trop.

— Je ne sais pas. J'ai des choses à lire.

Elle leva les yeux au ciel tout en souriant.

— Comme d'habitude. J'espère que tu viendras. Tu sais que tu es toujours le bienvenu.

Il osa un autre regard vers Nora et il eut le souffle coupé quand il s'aperçut qu'elle le dévisageait. Ses yeux inquisiteurs semblaient pouvoir accéder au fond de son âme, s'il les laissait faire. Mais il ne pouvait pas. De toutes les femmes qu'il pourrait accueillir dans sa vie, elle était la seule qu'il ne pouvait envisager. Elle le truciderait si jamais elle découvrait le rôle qu'il avait joué dans sa chute, et elle aurait raison de le faire.

CHAPITRE SEPT

$\mathcal{N}$ora s'agrippait au bord du petit bateau qui tanguait dangereusement.

Mr. Dawson rit chaleureusement.

— Je crois que j'ai les choses en main, maintenant.

Ils étaient dans le bateau depuis dix minutes, et il avait un mal de chien à ramer correctement. Nora craignait qu'ils ne finissent à la nage dans le petit lac.

L'embarcation se stabilisa, et Nora relâcha sa prise mais conserva une main sur le plat-bord. Pourquoi ? Elle ne savait pas. Ce n'était pas comme si se tenir au bateau la sauverait de la noyade s'ils chaviraient. Elle se demanda si Kendal aurait autant de difficultés et en douta instantanément. Son comportement suggérait que tout lui obéissait. Il ne laisserait jamais une coquille de noix l'ennuyer.

Elle examina Mr. Dawson avec qui elle avait dansé la nuit dernière. C'était un homme agréable d'environ cinq ans plus vieux qu'elle. Veuf, il recherchait activement une épouse, et une mère pour ses deux enfants restés dans le Sussex. Il semblait assez affable, prompt à rire et charmeur, avec un sourire permanent qui éclairait ses yeux châtaigne.

Ses cheveux châtain clair retombaient en vagues sur son front, et il les repoussa quand il se débattit pour tourner le bateau en direction du ponton.

— Toutes mes excuses, Miss Lockhart. J'ai bien peur de ne pas être un grand sportif. En revanche, si vous souhaitez jouer aux échecs ou aux cartes, je suis votre homme.

Nora s'efforça d'ignorer le roulis du bateau. Elle avait enduré pire pendant leur courte sortie, mais elle se sentirait mieux quand ils seraient de retour à terre.

— Il s'avère que j'adore les échecs. Mon père m'a appris à jouer quand j'étais plus jeune.

Avant qu'il ne se replie sur lui-même après la mort de Mère. Mr. Dawson inclina la tête.

— Excellent. J'ai hâte de jouer contre vous.

Elle fut surprise qu'il parle d'une future activité ensemble. Cela signifiait-il qu'il envisageait de la courtiser ? Elle manquait cruellement de pratique à ce jeu. Si elle y avait un jour été bonne. On pourrait dire d'elle qu'elle était nulle à la chasse au mari.

Ils se dirigeaient vers un autre canot. Nora se tendit et s'accrocha de nouveau aux bords des deux mains.

— Attention à cet autre bateau, dit-elle, même si cela semblait évident.

Elle voulait être certaine que Mr. Dawson l'avait vu.

Il plongea la rame plus profondément dans l'eau pour modifier leur trajectoire.

— Oui, je l'ai vu. Mais c'est tellement… compliqué.

Il grimaça en réussissant à peine à dévier le bateau. L'homme qui ramait dans l'autre barque avait réagi rapidement et, grâce à lui, la collision latérale fut évitée.

Au final, les deux embarcations se retrouvèrent côte à côte et les passagers se saluèrent amicalement. Nora surprit les propos que la femme de l'autre bateau adressa à son compagnon :

— Avez-vous vu le Duc Inaccessible ? Lady Faversham a dit qu'il était là, mais je ne l'ai pas vu.

— Moi non plus, mais je dirais qu'elle a fait erreur, répondit le gentilhomme. Il n'assiste pas à ce genre de réunion.

— C'est bien ce que j'ai répondu. Mais elle était très catégorique.

Nora ne fit aucun commentaire car, la distance entre les deux embarcations augmentant, elle ne pouvait plus entendre leur conversation.

Mr. Dawson laissa ses mains reposer sur les rames qui effleuraient la surface de l'eau.

— Nous approchons enfin du rivage, dit-il avec un sourire d'autodérision. Vous devez être soulagée.

— Me détesterez-vous si je réponds que oui ?

— Juste ciel, non. J'apprécierai votre honnêteté, dit-il en riant.

Le bateau accosta et un valet de pied les aida à débarquer.

Dès que les pieds de Nora touchèrent le sol, elle se détendit complètement et secoua un peu les épaules pour en chasser la tension. Elle se tourna vers Mr. Dawson qui replaçait son chapeau.

— Voilà qui est mieux, dit-elle.

— J'en conviens.

Il lui offrit son bras et ils repartirent vers sa couverture d'un pas nonchalant.

— Je crois que je vais me contenter de la terre ferme à partir de maintenant. A moins que quelqu'un d'autre ne pilote le bateau.

— Excellente idée !

— J'espère que vous avez pu vous amuser un peu malgré mon incompétence, dit-il en lui lançant un regard rapide.

— J'ai passé un moment agréable. Vous n'êtes pas incompétent, vous vous en êtes bien mieux sorti que je ne l'aurais fait.

— Uniquement parce que vous ne vous êtes pas entraînée.

— Mais vous, oui ? demanda-t-elle, le regard soupçonneux.

Il s'esclaffa.

— Pas vraiment. Vous auriez peut-être fait mieux.

Ils arrivèrent à la couverture de Nora et elle le remercia encore pour la promenade.

Lady Satterfield leva les yeux sur eux en mettant sa main en visière pour se protéger davantage du soleil

— Vous êtes-vous amusés ?

— Oui, beaucoup, répondit Nora en s'asseyant à côté d'elle.

Mr. Dawson s'inclina.

— À bientôt, Miss Lockhart.

En se détournant pour partir, il marcha sur l'assiette de Lady Satterfield et la renversa, faisant voler tout son contenu, dont une belle portion de confiture qui atterrit sur la jupe de Nora.

Son visage se crispa d'angoisse.

— Oh non ! Je suis terriblement maladroit. Mes plus plates excuses.

Lady Satterfield tamponna la jupe de Nora avec une serviette.

— Vous devriez mettre un peu d'eau sur cette tache.

Cette robe, comme toute la garde-robe de Nora, était neuve. Elle ne voulait pas envisager qu'elle puisse être perdue, pas après les efforts et les dépenses engagés par Lady Satterfield. Comme elle ne voulait pas non plus que Mr. Dawson se sente mal à l'aise, elle lui sourit largement.

— Tout va bien. Ce genre d'incident arrive tout le temps. Une fois, j'ai renversé un verre entier de ratafia sur moi.

C'était pendant sa première Saison et la robe de bal avait été perdue, au grand dam de sa cousine.

— Je vais faire un aller-retour rapide à la salle de repos.

Mr. Dawson lui offrit sa main pour l'aider à se lever.

— Je vais venir avec vous, ma chère, dit Lady Satterfield, et Mr. Dawson l'aida aussi.

— J'ose espérer que vous ne m'en tiendrez pas rigueur, dit-il avec ferveur.

— Bien sûr que non, répondit-elle en souriant.

Il s'inclina à nouveau, cette fois sans provoquer de catastrophe, et partit. Nora et Lady Satterfield se dirigèrent vers la maison.

— Je dirais qu'il s'apprête à vous courtiser, dit Lady Satterfield quand elles furent à bonne distance de la couverture.

— Nous nous connaissons à peine.

Nora pensa subitement à Kendal. Lui aussi, elle le connaissait à peine et pourtant il occupait toutes ses pensées. Elle aurait souhaité qu'il ne quitte pas le pique-nique.

Lady Satterfield commença à monter les quelques marches qui menaient au patio arrière.

— J'ai un peu d'expérience et je pense que Dawson s'intéresse réellement à vous. Il vous a fait danser hier soir et il est venu vous voir aujourd'hui. Cela montre son intérêt.

De nouveau, l'esprit de Nora invoqua Kendal. Il avait *aussi* fait danser Nora et il était venu la voir aujourd'hui. Peut-être pas exactement, elle n'avait aucune preuve qu'il était venu au pique-nique pour la voir. En fait, cela serait absurde. Mais alors pourquoi était-il venu, vu qu'il était de notoriété publique qu'il ne sortait jamais ?

Et pourquoi ses pensées la ramenaient toujours à Kendal ? Parce qu'il avait été le premier à faire attention à elle ou simplement parce qu'il était... Kendal ?

Qu'est-ce que cela signifie ?

Cela voulait dire qu'il était extraordinaire. Extrême. Le Duc Inaccessible. Qu'il soit venu au pique-nique pour la voir ou pas, il avait fait particulièrement attention à elle non pas une fois, mais deux. Cette prise de conscience déclencha l'apparition d'un délicieux frisson le long de sa colonne vertébrale. Elle avait pensé qu'ils avaient établi une connexion au bal de Lady Satterfield ; elle avait cru qu'il voulait apprendre à la connaître à cause de son regard le jour du thé.

Tu deviens complètement ridicule.

Ce n'était pas parce qu'il faisait battre son cœur, et qu'il avait été aimable avec elle deux fois, qu'il voulait qu'elle soit plus qu'une simple connaissance. Il était le Duc Inaccessible, il ne s'intéressait à personne. Il ne faisait attention à elle que parce qu'elle était sous la tutelle de Lady Satterfield.

— Est-ce que Mr. Dawson vous intéresse ?

La question de Lady Satterfield arracha Nora à ses pensées saugrenues.

— Il n'est pas riche mais je pense qu'il est assez à l'aise. Et il a des enfants, vous seriez mère immédiatement. Cela m'est arrivé, et c'est merveilleux, dit-elle, les traits adoucis.

Avec Kendal. Elle était devenue sa mère quand elle avait épousé son père qui était veuf. Nora l'avait appris dans les jours qui avaient suivi son installation chez les Satterfield.

Nora ne réfléchit pas avant d'énoncer sa pensée suivante :

— J'ai entendu une personne parler de Kendal quand j'étais sur le lac.

Elle lança à Lady Satterfield un regard alarmé. Elle n'avait pas voulu colporter de ragots, surtout sur son propre fils. Oh, elle était plus que rouillée, elle était désespérante.

— Toutes mes excuses. Je ne devrais pas répéter ces âneries.

Lady Satterfield éclata de rire.

— Il est difficile d'ignorer ce que l'on dit de mon beau-fils, particulièrement dans ce genre de réception.

Elles atteignirent la porte de la maison et Nora suivit Lady Satterfield dans le salon.

— Il devrait quand même pouvoir se rendre à un pique-nique sans être examiné sous toutes les coutures ?

Lady Satterfield haussa une épaule.

— Nous sommes à Londres, ma chère. Un duc célibataire ne peut rien faire sans être scruté.

— Lady Satterfield ! l'interpella une vieille dame qui s'approchait d'elles. Je dois absolument vous parler. Est-il vrai que Kendal était là tout à l'heure ? Est-il enfin en quête d'une épouse ?

Lady Satterfield se tourna vers Nora.

— Avez-vous besoin de mon aide en salle de repos ? C'est juste là-bas au bout du couloir, dit-elle en indiquant une porte.

— Non, je vais trouver. Je vous laisse vous débrouiller avec... cette histoire, répondit Nora en se retenant de sourire.

Les yeux de Lady Satterfield brillaient de malice quand elle chuchota :

— Cela pourrait être amusant.

Nora n'imaginait pas ce que Lady Satterfield pourrait faire ou dire pour rendre la discussion « amusante », mais elle en entendrait sans doute parler plus tard. Elle trouva facilement la salle de repos et s'occupa de la tache sur sa jupe. Il restait une trace colorée mais le vêtement serait récupérable une fois nettoyé à la maison.

Elle se retrouva dans une pièce inconnue et s'aperçut qu'elle avait tourné du mauvais côté en sortant de la salle de repos. Elle fit demi-tour et s'apprêtait à revenir sur ses pas quand elle manqua de défaillir. Là, bloquant le passage, se tenait Lord Haywood, la dernière personne qu'elle souhaitait voir et encore moins rencontrer seul à seule.

Il était aussi grand que dans son souvenir, mais il avait un peu grossi et ne lui paraissait plus aussi athlétique. Et ses cheveux pâles se clairsemaient. Mais ses yeux couleur cobalt étaient toujours vifs et séduisants. Elle avait été conquise par ces yeux, tout comme par le sourire qui incurvait à présent ses lèvres minces.

L'avait-elle un jour trouvé d'une beauté à couper le souffle ? Maintenant il lui semblait tout à fait quelconque, particulièrement comparé à Kendal qui semblait être devenu son mètre étalon en matière d'hommes.

La tension ressentie sur le lac fit un retour en force, et elle chercha désespérément une autre issue au petit boudoir. Il y avait une autre porte mais elle ne savait pas où elle menait. Cela pouvait aussi bien être un placard, et elle serait encore plus coincée.

— Miss Lockhart ?

Sa voix profonde ébranla un peu plus ses nerfs déjà tendus.

— J'ai entendu dire que vous étiez revenue en ville. Je suis si heureux que nous nous croisions.

Il traversa la pièce pour venir à sa rencontre, libérant ainsi l'accès à la porte ; si seulement elle pouvait le contourner.

Elle savait qu'elle devrait être polie, peut-être même faire comme si elle ne le connaissait pas. Mais neuf années de douleur et d'injustice la firent exploser :

— Je préférerais que vous ne m'adressiez pas la parole.

Elle s'obligea à bouger pour passer devant lui.

Il saisit son coude pour l'arrêter à côté de lui et se tourna sans la relâcher.

— Il n'est pas nécessaire d'être grossière. Je voulais juste vous dire à quel point vous êtes jolie. La campagne vous convient, semble-t-il.

— Vous voulez dire l'exil ? lui répondit-elle d'un ton sec.

Elle libéra son bras et s'écarta d'un grand pas.

— Je n'ai plus rien à vous dire.

— Quel dommage. J'avais espéré que nous pourrions reprendre notre relation.

Il la parcourut d'un regard qui ne laissait aucun doute sur ce qu'il entendait par « relation ».

Elle le fixa avec incrédulité.

— Vous êtes répugnant. Et marié. Je devrais avertir votre épouse.

— Et lui dire quoi ? Que vous avez encore réussi à m'acculer dans un boudoir ? J'imagine bien comment vous vous en sortirez une deuxième fois.

— Allez au diable.

Nora résista à l'envie pressante de le gifler avant de sortir de la pièce comme une furie.

Elle se précipita pour retrouver Lady Satterfield, et passa devant la salle de repos juste au moment où la porte s'ouvrait sur Lady Abercrombie, qu'elle percuta.

Lady Abercrombie fit un pas en arrière et frotta son bras à l'endroit de la collision.

— Mon Dieu, vous êtes bien pressée !

Nora n'osa pas regarder derrière elle. Si Haywood était dans le couloir et que Lady Abercrombie la voyait s'éloigner de lui… Et alors, qu'y avait-il de mal à cela ?

Mais c'était Londres, et c'était Lady Abercrombie. Elle allait forcément monter l'affaire en épingle. Nora passa une main sur son propre coude, à l'endroit où elle avait heurté Lady Abercrombie. Quel dommage qu'elle ne l'ait pas renversée.

— Excusez-moi, s'il vous plaît.

Elle essaya de se diriger plus calmement vers le salon,

mais son sang bouillonnait à ses oreilles, et elle avait l'impression d'être finalement tombée du bateau et de lutter pour remonter à la surface. Lady Satterfield l'attendait dans le salon, seule par bonheur. Quand elle vit Nora, elle eut l'air inquiet.

— Tout va bien ? Vous paraissez bien essoufflée.

Nora grimaça. Elle se rapprocha de la comtesse et parla doucement.

— J'ai tourné du mauvais côté en sortant de la salle de repos et je suis tombée sur Lord Haywood.

L'expression de Lady Satterfield s'assombrit.

— Je vois. Il ne s'est rien passé ?

Elle aussi parlait à voix basse.

Oh non, Lady Satterfield pensait-elle que Nora était capable de répéter les mêmes erreurs ?

Le visage de la comtesse s'adoucit.

— Oh non, ma chère, pas *encore*. Je veux juste savoir s'il vous a fait des avances déplacées.

— Uniquement verbales. Je lui ai intimé l'ordre de ne plus jamais me parler.

Lady Satterfield rit et Nora se détendit.

— Bien joué. J'aurais aimé y assister.

Elle prit le bras de Nora et elles quittèrent la maison.

— Cela dit, est-ce que quelqu'un vous a vue ?

— Pas en sa compagnie. Mais j'ai croisé Lady Abercrombie en venant vous retrouver et si elle a vu Lord Haywood…

Nora ne pouvait se résoudre à exprimer ses craintes.

Lady Satterfield lui tapota l'avant-bras.

— Ne vous tourmentez pas pour si peu. Elle n'a rien vu. Elle ne pourra faire que des insinuations.

— Mais cela suffit à ruiner une réputation, n'est-ce pas ?

— Cela pourrait être… préjudiciable, mais je m'arrangerai pour qu'il n'en soit rien.

Nora lui lança un regard incrédule alors qu'elles repartaient en direction de l'aire de pique-nique.

— Et comment comptez-vous accomplir ce miracle ?

La comtesse sourit.

— Faites moi confiance, ma chère. Personne ne passe trente ans à fréquenter l'élite sans apprendre à survivre et à protéger sa famille.

Nora fut très émue. Pendant un court instant, elle eut l'impression d'avoir à nouveau une mère. Et ce sentiment suffit à occulter le malaise provoqué par Haywood.

Pour le moment.

❧

*T*itus pénétra dans son bureau et se dirigea droit sur la carafe de whisky, heureux que la session du soir à la Chambre des lords ait été écourtée. Il desserra sa cravate en arrivant près du buffet et se servit un verre. Il repoussa les discussions de la soirée a l'arrière de son esprit, las d'entendre parler des luddites.

Il préférait plutôt s'attarder sur l'après-midi délicieuse qu'il avait passée à Brexham Hall. Il avait apprécié sa courte promenade avec Nora plus qu'il ne l'aurait dû. Il aurait aimé échapper à cette réunion abominable et rester avec elle pour l'emmener canoter. Au lieu de cela, elle y était sûrement allée avec Dawson, un gentilhomme qu'il ne connaissait pas mais qu'il rêvait de faire disparaître de sa vue. Vraiment ? Il voulait lui refuser ce qu'elle cherchait à obtenir ? Elle voulait un mari. Elle méritait un mari. Ou au moins le bonheur. Et si un mari pouvait le lui apporter, alors c'était ce qu'elle méritait.

— Votre Grâce ?

Abbott, le majordome qui avait dirigé cette maisonnée du temps de son père, se tenait sur le seuil.

— Il y a une lettre de Lady Satterfield sur votre bureau. Elle est arrivée pendant que vous étiez sorti.

Titus but une gorgée de whisky avant de prendre la missive de sa belle-mère. Il posa son verre et déplia le papier. Une sueur froide lui parcourut l'échine immédiatement.

Kendal

Je crains qu'une rumeur concernant Miss Lockhart ne commence à se répandre. Elle a été vue quittant une entrevue privée avec Lord Haywood cette après-midi. C'était une

rencontre due au hasard et sans témoin, mais c'est cette détestable Lady Abercrombie qui l'a vue et elle semble déterminée à dénigrer Nora. Je vais faire mon possible pour étouffer tout ragot dans l'œuf, mais ton aide serait la bienvenue.

Lady S

La rage fit bouillir son sang et trembler ses mains. Il chiffonna le papier et le jeta sur son bureau.

— Abbott, aboya-t-il.

— Oui, Votre Grâce ?

— Faites ressortir mon carrosse, je vais à mon club.

Il allait trouver Haywood et s'assurer que cette canaille ne s'approche plus jamais de Nora.

— Oui, Votre Grâce.

Abbott ne commenta pas ce changement brutal dans l'organisation de la soirée, ce qui était surprenant. Titus ne se souvenait pas de son dernier acte spontané.

Mais aujourd'hui, c'était nécessaire. Il ramassa son verre et avala son whisky d'un seul trait. L'alcool réchauffa son ventre, alimentant la colère que ce vicieux d'Haywood avait provoquée.

À peine vingt minutes plus tard, Titus fit irruption chez Brooks et traversa le salon réservé aux membres, où de nombreux gentilshommes londoniens jouaient et buvaient. Il balaya les tables du regard et repéra Haywood assis dans un coin, en train de jouer au whist.

Il marcha à grands pas vers son ancien acolyte, conscient que des dizaines de paires d'yeux le suivaient. Quand il arriva à la table, les joueurs le regardèrent avec inquiétude, mais il ne les aperçut que du coin de l'œil. Il était complètement concentré sur le dépravé qui avait osé insulter Nora une deuxième fois.

— Levez-vous, Haywood.

Sa voix restait basse et véhiculait une sombre menace dont il ne s'inquiétait pas. En fait, il *aimait* cela.

Les yeux d'Haywood s'écarquillèrent et il porta brièvement une main à sa poitrine, l'air quelque peu outragé.

— Je suis au milieu d'une partie.

— Même si vous étiez en train de vous soulager, je m'en moquerais. *Levez-vous*.

— Vraiment, Kendal, je dois vous demander d'attendre, dit-il en fronçant les sourcils.

— Tout va bien, dit le gentilhomme assis à gauche d'Haywood. Nous allons faire une pause.

Haywood regarda ses compagnons de jeu.

— Si cela ne vous dérange pas.

La patience de Titus touchait à sa fin. Il était prêt à extraire l'homme de sa chaise quand il se leva enfin.

— Venez.

Titus cracha l'ordre et fit signe à Haywood de le suivre. Il emmena le scélérat jusqu'à son salon personnel.

— Que diable se passe-t-il ? demanda Haywood en montant les escaliers. Vous ne m'avez pas parlé depuis bientôt dix ans, et voilà que vous m'interrompez au milieu d'une fantastique partie de whist. J'espère que vous n'avez pas fait fuir ma chance.

Titus attendit qu'ils soient entrés dans son salon privé avant de répondre. Un valet de pied ouvrit la porte puis la ferma derrière Haywood. Titus fit un énorme effort pour ne pas envoyer son poing *directement* dans le visage rougi de l'homme.

— Je ne vous ai pas parlé depuis dix ans parce que je n'avais pas de raison de le faire. Aujourd'hui, toutefois, j'ai une bonne raison et vous allez m'écouter jusqu'au bout. Vous allez démentir avoir vu Miss Lockhart cette après-midi.

Haywood sembla complètement abasourdi.

— Mais j'ai déjà dit que je l'avais vue.

Le poing droit de Titus se crispa tant il avait envie de frapper cet homme.

— Dites que vous avez fait erreur. De surcroît, vous ne parlerez plus jamais à Miss Lockhart. Vous ne parlerez plus *de* Miss Lockhart. Vous ne l'approcherez plus à moins de trente mètres. En fait, vous ne *regarderez* plus Miss Lockhart. Me suis-je bien fait comprendre ?

La bouche d'Haywood s'ouvrit un peu plus grand à chaque injonction, jusqu'à béer complètement. Il resta figé un instant, ébahi. Puis il ferma la bouche et fit la chose la plus incroyable, non, la plus stupide, qu'il pouvait faire : il se mit à *rire*.

— Je vous demande pardon ? C'est une plaisanterie ?

Titus fit un pas vers lui.

— Vous êtes la seule plaisanterie dans cette pièce.

Haywood se calma.

— Eh bien, inutile d'être grossier. En quoi cela vous concerne-t-il que je parle à Miss

Lockhart ?

— Parce que vous avez déjà gâché toutes ses chances de mener une vie heureuse une fois, et que je ne vous laisserai pas recommencer.

— Pour qui vous prenez-vous ? Son père ?

Il rit de nouveau, mais cette fois sans humour.

— C'est trop fort ! Vous étiez le pire débauché de la ville.

— *J'étais*. Mais nous avons mûri depuis, n'est-ce pas, Haywood ?

Il avança encore d'un pas.

— Ou bien vous conduisez-vous toujours comme un gamin qui ne peut pas garder sa queue dans son pantalon ?

Haywood plissa les yeux.

— Vous allez trop loin.

Un autre pas.

— Je n'en suis pas sûr. Si vous ne faites que *penser* à Miss Lockhart, et je ne parle même plus de l'approcher, vous le regretterez.

Haywood sembla prendre la mesure de la colère de Titus, et son regard s'alluma.

— Quoi qu'il en soit, je n'ai plus aucune raison de lui parler. Elle m'a fait des avances, à moi, un homme marié. Elle est toujours la même traînée qu'autrefois.

Titus ne réfléchit pas, il réagit. Son poing rencontra le demi-sourire narquois d'Haywood, envoyant la tête de ce bâtard voler vers l'arrière.

— Bon sang !

Haywood porta une main à sa bouche et lécha le sang qui coulait de sa lèvre fendue.

— Il me semblait vous avoir dit de ne pas parler d'elle, et pourtant vous l'avez fait. Recommencez et je vous en remets une.

La cervelle de moineau d'Haywood assimila enfin l'information. Il blêmit et ramassa une autre goutte de sang sur sa lèvre, puis acquiesça lentement sans oser regarder Titus.

Titus passa devant lui et le déséquilibra d'un coup d'épaule. Il ouvrit la porte et s'adressa au valet de pied qui attendait dans le couloir :

— Veuillez débarrasser mon salon de cette ordure, s'il vous plaît.

Titus ne regarda pas derrière lui en descendant les escaliers. Il bouillonnait toujours d'énergie, comme s'il avait lancé son cheval dans une course effrénée autour de son domaine, mais il était également satisfait. Et cette sensation était bien meilleure que la colère qui l'animait en arrivant.

Quand il atteignit le salon des membres, il prit conscience des conversations qui s'arrêtaient plus vite que d'habitude et des regards insistants qui le suivaient. Il avait forcément causé une petite commotion en interpellant Haywood et en l'emmenant à l'étage, et cela ne leur plaisait pas. Il n'osait pas imaginer ce qu'ils diraient de lui quand ils apprendraient qu'il l'avait frappé. Mais Haywood n'en parlerait pas. Il était assez vaniteux et égocentrique pour inventer une histoire qui expliquerait sa lèvre fendue. Malgré tout, les gentilshommes présents tireraient leurs propres conclusions.

Titus évacua son énervement d'un haussement d'épaules. Les autres en viendraient *toujours* à leurs propres conclusions. Il ne pouvait rien y faire à part les intimider, et il pouvait s'y résoudre.

Au lieu de marcher en regardant droit devant lui et en ignorant tout le monde comme d'habitude, il lança quelques regards appuyés pour signifier à chacun de s'occuper de ses affaires. Allaient-ils le faire ? Quelle influence avait réellement le Duc Inaccessible ?

Il se moquait vraiment de ce qu'ils pensaient de lui, mais pas de ce qu'ils pensaient de Nora. Elle n'avait pas mérité ce qui lui était arrivé il y a neuf ans, et elle ne le méritait pas non plus maintenant. Et en particulier, elle ne méritait pas qu'Haywood lui cause davantage de chagrin.

Cela, du moins, allait cesser. Titus s'était assuré qu'Haywood ne l'importunerait plus. Il enverrait un mot à sa belle-mère dès qu'il rentrerait chez lui pour la prévenir.

Ensuite, il faudrait qu'il rende visite à sa maîtresse. Il ne l'avait toujours pas vue depuis cette première nuit. Il préfére-rait aller voir Nora pour vérifier qu'elle se remettait bien de sa rencontre avec Haywood, mais il n'irait pas non plus. Non, il ferait comme tous les autres soirs de la semaine : il allait rentrer chez lui et rêver d'une beauté aux longs cheveux auburn et aux yeux fauves enchanteurs.

Il devait convenir qu'il était bien plus intéressé par Nora qu'il ne devrait l'être. Mais cela ne changeait rien. Il ne cherchait pas d'épouse et, en cas contraire, elle ne voudrait pas de lui si elle apprenait son rôle dans le passé. Il était grand temps d'étouffer cette attirance déplacée.

CHAPITRE HUIT

Quand Nora descendit pour le dîner le lendemain soir, elle s'arrêta net sur le seuil de la pièce. Kendal se tenait près de la table et parlait avec Satterfield. Il était absolument magnifique, avec son manteau bleu foncé et un pantalon qui devait être à la pointe de la mode masculine. Il moulait ses cuisses à la perfection, offrant une image parfaite du gentilhomme viril.

— Kendal, tu es venu dîner !

L'exclamation de Lady Satterfield retentit juste derrière Nora.

Les deux hommes se tournèrent vers la porte, et Nora tenta de s'empêcher de rougir. Ils ne pouvaient pas savoir qu'elle était restée là à dévisager Kendal. En revanche, Lady Satterfield pouvait très bien l'avoir prise en flagrant délit.

Nora entra dans la salle à manger en même temps que Lady Satterfield, qui se dirigea vers son beau-fils. Il l'embrassa sur la joue.

— J'espère que je ne dérange pas.

— Mais non, bien sûr. Je vois que ton couvert est mis, dit-elle. Asseyons-nous. Harley est prêt à servir.

Satterfield s'asseyait toujours en bout de table, son épouse à sa droite et Nora à gauche. Ce soir, il y avait deux sièges à gauche, ce qui signifiait qu'elle serait assise à côté de Kendal.

Satterfield tint la chaise de sa femme, et Kendal présenta la sienne à Nora.

— Merci, murmura-t-elle, inexplicablement nerveuse.

Le premier plat, composé de soupe et de bœuf bouilli avec des carottes, fut servi et accompagné de vin. Nora avait été interloquée par la richesse de la nourriture à son arrivée chez les Satterfield, mais elle commençait à s'y habituer. Son père et elle ne mouraient pas de faim, mais ils avaient mené une vie très simple.

— Quel temps fantastique, dit Satterfield. Êtes-vous monté à cheval aujourd'hui, Kendal ?

— Oui.

Il se tourna vers Nora.

— Montez-vous ?

— Pas très bien. Mes cousins, ceux qui ont parrainé mes premières Saisons, m'ont appris mais je ne suis pas une experte.

— Nous allons devoir y remédier, dit Lady Satterfield. Je vous imagine bien avec un charmant chapeau d'équitation. Nous devons aller vous acheter un costume.

Kendal s'esclaffa et lança un coup d'œil à sa belle-mère.

— Et pour le cheval ? Sur quoi va-t-elle monter ?

— Nous avons un cheval, répondit-elle en regardant son mari. N'est-ce pas, mon chéri ?

— Pas qui puisse convenir à Nora. Mais je suis certain que Kendal a une monture appropriée.

Il questionna le duc du regard.

Avant que Kendal ait le temps de répondre, Lady Satterfield intervint :

— Je me souviens que Mrs. Gilchrist nous a invitées à

monter dans sa maison de campagne. Est-ce que cela vous conviendrait ? demanda-t-elle en regardant Nora.

Nora avait rencontré Mrs. Gilchrist et son fils, Mr. Barnaby Gilchrist, au pique-nique de la veille. Elle avait fait une promenade avec lui et il avait parlé principalement de ses chevaux. Et de pêche. Elle avait préféré la compagnie de Mr. Dawson. Mais aucun des deux n'égalait Kendal.

Elle lui lança un bref regard. Ses cheveux sombres effleuraient le col de sa chemise blanche, formant un contraste saisissant accentué par la chaude couleur de sa peau bronzée. Il était rasé de près mais elle pouvait deviner l'ombre d'une barbe naissante sur ses joues. Elle détourna le regard pour qu'il ne la surprenne pas.

— Nora ?

La question de Lady Satterfield lui rappela qu'elle n'avait pas répondu.

— Je pense que je préfère attendre d'avoir pris quelques leçons avant de monter en public.

— Kendal, fais-nous savoir quand tu pourras l'emmener monter, dit Lady Satterfield.

Le duc regarda Nora, et l'impact de son regard la fit frémir. Mon Dieu, elle était toujours aussi exaltée. N'avait-elle donc rien appris ? Résolue à ignorer son attirance pour le duc, elle s'intéressa à son repas et tourna ses pensées vers Mr. Dawson, qui se moquerait sans doute de savoir si elle savait monter ou pas.— Kendal, comment se portent vos écuries à Lakemoor ? demanda Satterfield. Nous ne sommes pas venus vous voir à l'automne dernier, mais nous prendrons soin de le faire cette année. Votre chasse est renommée.

Nora lui jeta un coup d'œil. Il organisait une partie de chasse ? Quelle surprise ! Avec sa réputation, elle pensait qu'il ne recevait pas du tout.

— Vous conviendrez que c'est un petit événement.

— Oui, mais c'est ce que j'aime. Il y a tant de parties de

chasse qui n'ont rien à voir avec la chasse, dit-il en s'esclaf-fant. Du moins, il semblerait.

—C'est parce que Kendal n'invite que quelques voisins et toi, mon chéri, dit Lady Satterfield. Ce n'est pas une vraie partie de campagne.

Elle regarda son beau-fils, les lèvres légèrement pincées, mais n'ajouta rien.

— Ce n'est *pas* une partie de campagne.

Kendal garda un ton léger, mais avec une note de dureté. Nora comprit que Lady Satterfield n'approuvait pas le manque de contacts sociaux de Kendal. Lady Satterfield soupira.

— Oui, oui, je sais.

Puis elle but une gorgée de vin et lui adressa un chaud sourire.

— Si cela te rend heureux, mon fils.

C'était comme cela qu'il était heureux ? En restant à l'écart ? Il préférait la solitude ? Après avoir enduré elle-même neuf ans d'isolement, Nora frissonna à cette pensée. Même si elle trouvait la Société pénible, elle n'envisageait pas de retourner dans sa retraite et espérait ne pas y être obligée.

La conversation roula ensuite sur divers sujets, tels que le travail de Kendal à la Chambre des lords, la famille de Nora ou le théâtre. Nora passa une de ses meilleures soirées et, à la fin du repas, la présence du duc ne la perturbait plus. Il n'était peut-être pas si renfermé qu'on le disait. En tout cas, pas avec sa famille proche. Non qu'elle en fasse partie, mais pour l'in-stant, elle pouvait peut-être profiter de cette intimité.

— C'est une soirée agréable, dit Lady Satterfield en repo-sant sa serviette sur la table. Kendal, pourquoi n'emmène-rais-tu pas Nora se promener dans le jardin ?

Le cœur de Nora s'emballa et sa sérénité retrouvée s'envola.

Mais pourquoi ? Ils allaient se promener, rien d'autre. Et dans un tout petit jardin. Il ne voulait peut-être même pas y aller.

— Avec plaisir.

Il se leva et tira la chaise de Nora.

Apparemment, il avait envie d'y aller. Ou bien il était simplement poli.

Lord Satterfield aida son épouse à se lever et déposa un baiser sur sa joue.

— Je vais me rendre à mon club.

Lady Satterfield se blottit contre lui en souriant chaleureusement, avant de regarder Nora et Kendal.

— Et je vais dans mon boudoir pour répondre à quelques lettres. Je ne pense pas avoir besoin de vous chaperonner pour une balade aussi courte.

Ils partirent tous dans des directions différentes : Lord et Lady Satterfield sortirent de la salle à manger pour gagner l'entrée, Kendal et Nora traversèrent la pièce pour se diriger vers le salon qui servait de bibliothèque et de pièce à vivre pour la famille. Kendal offrit son bras à Nora et la mena dans cette pièce confortable où elle avait déjà passé quelques soirées à profiter de l'excellente collection de livres des Satterfield.

La bibliothèque était assez grande, mais ce soir elle semblait avoir rétréci. La présence de Kendal en remplissait tous les coins et recoins, et Nora y était très sensible. Ce qui la rendait nerveuse. Elle s'empressa de parler pour se décontracter :

— J'aime beaucoup cette bibliothèque.

Il s'arrêta pour se tourner vers les étagères qui couraient le long d'un mur.

— Ah oui ? Quels livres préférez-vous ?

Nora se demanda ce qu'il penserait de ses goûts, qui

allaient des romans d'amour aux contes gothiques en passant par la poésie et les histoires à suspense.

— J'en ai tellement qu'il m'est difficile de choisir.

— Lequel avez-vous lu en dernier, alors ?

Elle hésita un court instant.

— Une nouvelle romantique de Sarah Wilkinson.

Il allait vraisemblablement trouver cela banal.

— J'ai lu tous ses livres.

Nora le regarda avec surprise.

— *Vous lisez Sarah Wilkinson ?*

Il lui lança un regard espiègle.

— Vous avez sans doute remarqué que Lady Satterfield possède tous ses romans. Elle a toujours aimé ce genre d'histoire et, dans ma jeunesse, je lisais tout ce qui me tombait sous la main, *absolument tout.*

Nora gloussa en se cachant derrière sa main.

— Et vous aimez les romans d'amour ?

— Disons que je ne les *déteste* pas. Quand je suis d'humeur, je peux en lire trois ou quatre dans la semaine.

Elle se mit à rire franchement.

— Le Duc Inaccessible lit des romans à l'eau de rose ? Que dirait le gratin ?

— Je me fiche complètement de ce que l'on dirait, mais je suppose que cela ferait sensation.

Quel plaisir cela devait être de ne pas s'inquiéter, et de ne pas *avoir* à s'inquiéter, de ce que les autres pensaient de vous.

— Toutes vos actions font sensation, dit-elle en cessant de rire. Mais cette histoire de romans vous ferait paraître plus humain.

Elle grimaça intérieurement tant cette remarque semblait mal venue.

— Oh mon Dieu, excusez-moi, s'il vous plaît. Je ne voulais pas insinuer que vous êtes inhumain.

Il prit sa main et la guida sous son manteau, puis posa sa paume à plat sur son cœur par-dessus son gilet.

— Vous sentez bien que je ne le suis pas.

Nora s'arrêta de respirer. Elle leva les yeux vers lui et leurs regards s'accrochèrent.

— Je n'en ai jamais douté.

Il lâcha sa main et elle la laissa retomber lentement, comme à regret. L'excitation fit danser des frissons le long de ses bras, éveillant ses sens.

— Vous avez cependant raison, dit-il. Les autres me voient sans doute différemment, car je ne les autorise pas à m'approcher d'aussi près.

Et pourtant il lui en donnait le droit. Bien sûr, cela pouvait être uniquement parce qu'elle était sous la tutelle de sa mère. La curiosité l'emporta et elle demanda :

— En quoi suis-je différente ?

Elle le regretta instantanément. Elle n'était *pas* différente, elle était simplement *présente*.

— Oubliez ma question, s'il vous plaît. Vous êtes déjà assez aimable de m'offrir votre attention et votre soutien.

Ses lèvres se tordirent en une petite grimace.

— Je n'agis pas par bonté d'âme.

Elle ne savait pas trop ce qu'il sous-entendait mais elle ne demanderait pas d'explication.

— Alors pourquoi le faites-vous ?

— Je ne sais pas.

Il toucha une mèche de cheveux qui frôlait son oreille. Ce fut un instant étrange, où le temps semblait suspendu entre eux. Mais un instant fugace, également. Il s'éloigna rapidement, et lui tourna le dos pour se diriger vers la cheminée.

— Je ne voulais pas m'imposer.

Quand il fut à une distance respectable, il se retourna vers elle.

— Je voulais seulement vous demander si vous vous

sentiez bien après qu'Haywood vous ait insultée lors du pique-nique.

Sa voix était ferme et pragmatique, mais ne suffit pas à apaiser le malaise soudain que l'angoisse déclencha en elle. Elle avait tellement espéré que personne n'aurait vent de sa rencontre avec Haywood, mais elle allait encore devoir survivre à un scandale.

— Qu'avez-vous entendu ?

— Je n'écoute pas les commérages. Ma belle-mère m'a informé qu'il s'était montré entreprenant avec vous.

Il joignit brièvement ses sourcils.

— Je me suis assuré qu'il ne vous importune plus.

Elle ne pouvait pas imaginer ce qu'il voulait dire.

— Qu'avez-vous fait ?

Il haussa les épaules en évitant son regard.

— Il sait maintenant qu'il ne doit plus vous parler ou même parler *de* vous. Non seulement je n'écoute pas les ragots, mais je ne tolère pas non plus qu'on en colporte sur les personnes qui m'importent.

Nora se figea. Elle comptait pour lui ? La panique qu'elle avait ressentie à l'idée d'être au cœur d'un nouveau scandale s'estompa, remplacée par une chaleur indicible.

— Je ne sais toujours pas ce que j'ai fait pour recevoir le soutien de votre famille. Je… Merci.

— Pourquoi pensez-vous avoir à faire quoi que ce soit ?

Ses sourcils sombres se rapprochèrent, lui conférant une intensité presque intimidante, proche de la férocité.

— Êtes-vous si peu habituée à la gentillesse ?

En fait, oui. Mais elle aurait du mal à admettre une vérité aussi honteuse. Elle rit, mais elle n'en était pas moins embarrassée.

— Vous devez bien admettre qu'il est inhabituel pour une famille aussi prestigieuse, celle d'un duc, d'accueillir une jeune femme telle que moi.

— Telle que vous, reprit-il.

Même si ce n'était pas une question, son ton semblait indiquer qu'il désirait savoir ce qu'elle sous-entendait. Il devait pourtant bien connaître ses antécédents. Ils n'en avaient pas discuté ouvertement, mais il était forcément au courant.

Elle avait besoin de certitudes. Elle le regarda droit dans les yeux.

— Une femme à la réputation détruite par un scandale.

Il leva un sourcil.

— Vous méritez votre place parmi nous. Vous méritez de trouver le bonheur, tout le monde y a droit.

Un Insaisissable aimable et prévenant qui semblait s'intéresser à elle… Elle ne pouvait pas quitter son regard pénétrant des yeux.

— Et vous, Votre Grâce, êtes-vous heureux ?

— Je ne suis pas malheureux.

Elle résista à l'envie de sourire.

— Voilà qui ne sonne pas comme une franche affirmation !

— Je me sens assez bien à Lakemoor. J'aime travailler avec mes métayers. Je profite de mes chevaux.

— Et vous lisez des romans à l'eau de rose. Surtout, n'oubliez pas la partie la plus intéressante de vos activités.

Il éclata de rire, et Nora se laissa enfin aller à sourire.

— Oui. N'oublions pas cela.

Il traversa la pièce pour revenir aussi près d'elle qu'il l'était plus tôt.

— Allons-nous faire cette promenade ?

Il prit sa main et l'enroula autour de son avant-bras. Sa chaleur, son odeur et sa présence emplirent ses sens. Le besoin de s'ancrer la fit s'agripper plus fermement à lui.

La familiarité qui s'était établie entre eux au cours du dîner et de leurs précédentes rencontres se mua subitement en une autre sensation, l'intimité. Nora eut envie de cet homme qui disait qu'elle méritait d'être heureuse, qui dansait avec elle et qui l'avait sauvée d'Haywood. Elle rêvait de faire glisser ses doigts le long de son menton, pour sentir sa barbe naissante de fin de journée. Douce ou piquante ? Stimulante ou irritante ? Stimulante, sans aucun doute.

Par-dessus tout, elle se demandait quelle serait la sensation de ses lèvres sur les siennes. Le seul baiser qu'elle avait échangé neuf ans auparavant n'avait pas été agréable, même avant que le scandale n'éclate. Elle n'avait pas été pressée de renouveler l'expérience, si jamais elle en avait eu l'occasion. Mais maintenant, si près de Kendal, elle était sûre que son baiser serait différent. Un baiser de lui serait tout ce dont elle avait rêvé et plus encore.

Elle se rappela qu'elle ne pouvait pas l'embrasser, et qu'elle ne devrait probablement pas se trouver seule avec lui. Cette situation lui avait déjà causé des ennuis. Oh, mais si elle pouvait l'embrasser sans que personne ne s'en aperçoive.

Se promener avec lui dans le jardin était peut-être une mauvaise idée, mais Nora ne put se résoudre à refuser.

CHAPITRE NEUF

*T*itus lui fit traverser la terrasse, puis ils descendirent les deux marches qui menaient dans le jardin.

— Ce n'est pas grand, mais Lady Satterfield est surtout fière de ses roses. Vous devriez voir les jardins de leur domaine.

Il était tout à fait sûr que son bavardage était absolument pathétique mais, à cet instant, son cerveau n'arrivait pas à brider les réactions de son corps. Le poids de la main de Nora sur son bras, la courbe sensuelle de ses lèvres quand elle lui parlait et le regard provocateur de ses yeux fauves, tout contribuait à déclencher une envie délicieuse.

Se promener avec elle dans le jardin était une sacrément mauvaise idée, mais il le faisait quand même.

Il l'attira vers les roses qu'il avait évoquées. Elles n'étaient pas encore en fleurs mais, dans quelques semaines, le parterre offrirait une débauche de couleurs et un bouquet de parfums envoûtants.

Elle désigna la rangée d'arbustes d'un mouvement de tête.

— Nous avons aussi des roses à St Ives. J'aimais beaucoup leur consacrer mon temps libre pendant l'été.

Il se la représenta, seule dans sa campagne en train de tailler ses rosiers et peut-être de s'égratigner sur leurs épines vicieuses. Les roses étaient comme une métaphore de la Société : magnifique mais traître.

— Est-ce que cela vous manque ? Je suis sûr que ma belle-mère vous laisserait vous occuper de ceux-là.

Elle sourit.

— Merci, mais je pense qu'elle a d'autres projets pour moi. Elle est bien décidée à faire de ma Saison un événement mémorable.

Avec un mari à la clef. Il eut de la peine à ne pas se renfrogner.

Ils marchèrent quelques instants en silence. Il devrait partir. Il était venu pour le dîner car il appréciait de manger avec ses beaux-parents. Mais maintenant, il devait composer avec une femme envoûtante qui prenait déjà trop de place dans ses pensées. Une femme qu'il s'était promis d'éviter sans toutefois réussir.

Elle inclina la tête vers lui.

— Je ne veux pas vous paraître insolente, mais j'aimerais vous demander comment vous avez acquis ce surnom de Duc Inaccessible.

Il s'arrêta et se tourna vers elle. Elle grimaça et ôta sa main de son bras.

— Je suis désolée. Lady Satterfield m'a expliqué que vous étiez jaloux de votre vie privée. Oubliez ma question.

— Je n'encourage pas l'usage de ce titre, dit-il. En tout cas, pas volontairement. Mais il ne me déplaît pas non plus. Les gens passent au large, et cela m'évite d'avoir à supporter leur médiocrité. J'en suis plutôt soulagé.

Elle s'esclaffa.

— Mon Dieu. Je n'arrive pas à décider si vous êtes un poseur ou juste extrêmement réservé.

Elle plaqua une main sur sa bouche, les yeux écarquillés.

Il rit avec elle, enchanté par son honnêteté. Il devait pourtant reconnaître que, si quelqu'un d'autre lui avait fait cette remarque, il lui aurait immédiatement tourné le dos.

— Sans doute un peu des deux.

Ses yeux s'emplirent de malice.

— Vous appréciez donc d'être inaccessible ?

— *J'apprécie* qu'on me laisse tranquille. Sans mes responsabilités à la Chambre des lords, je ne mettrais jamais les pieds à Londres.

Elle cessa de rire.

— Je comprends. Pour moi c'est l'inverse. J'ai été seule pendant si longtemps que j'ai vraiment envie de me retrouver au contact de la civilisation.

Elle gardait un ton égal, mais quelque chose restait tapi au plus profond de son regard, de l'incertitude ou peut-être de la tristesse. Quoi que ce soit, il voulait l'éradiquer. Il se rapprocha d'elle, comme un papillon attiré par la flamme. Son sang rugissait à ses oreilles sur un tempo primitif. Il pensa encore qu'il ne devrait pas se trouver là avec elle. Ils étaient à l'orée d'un nouveau scandale.

Seulement s'il y a un témoin, lui murmura son esprit.

— J'apprécie de discuter avec vous, dit-il. Il est scandaleux que vous soyez restée seule si longtemps.

Elle battit des cils.

— Moi aussi j'apprécie nos conversations.

Elle parlait d'une voix basse, inconsciemment séduisante.

Il avait désespérément envie de la toucher, pour voir si sa peau était aussi douce et chaude qu'il l'imaginait. Alors il le fit.

Il effleura son menton des doigts. Quand elle bloqua sa

respiration, émettant un son qui trahissait une réponse physique plus intense, son corps se libéra totalement.

— Nous devrions retourner à la maison.

Ses mots étaient à peine audibles, rien de plus qu'un souffle.

Oui, ils devraient, mais il détestait les règles stupides de la Société. À cet instant, il voulait les enfreindre.

— Certes, nous devrions, mais...

Il voulait tellement l'embrasser. Mais il ne pouvait pas. Pas uniquement à cause des fameuses règles, mais surtout parce qu'elle avait déjà souffert neuf ans auparavant. Il recula et fut choqué quand elle posa une main hésitante sur le revers de sa veste.

— Voudriez-vous... m'embrasser ? demande-t-elle doucement. Je n'ai été embrassée que cette seule fois, et ce fut atroce.

Elle cilla et retira vivement sa main.

— Peu importe, je suis beaucoup trop audacieuse.

Elle rougit et il put quasiment palper sa gêne. Il ne voulait pas qu'elle soit embarrassée. Et il ne voulait pas non plus refuser.

— Non, vous ne l'êtes pas. C'est une honte que personne ne vous ait embrassée correctement.

Il se rapprocha d'un pas et se pencha vers elle, lentement au cas où elle changerait d'avis. Par bonheur, elle n'en fit rien. Quand leurs lèvres se rencontrèrent, il fut secoué par une onde puissante de désir. Il fit un effort pour se contenir, il serait trop aisé de perdre la tête.

Elle reposa ses mains sur sa poitrine, avec plus d'assurance. Elle participait pleinement au baiser, pressant ses lèvres fermement contre les siennes, comme elle le lui avait demandé. Et il allait faire en sorte qu'elle en profite.

Il releva la tête et se détacha de ses lèvres quelques secondes avant de recommencer à l'embrasser. Il fit danser sa bouche contre la sienne, prenant soin de ne pas aller trop vite, pour qu'elle s'habitue à son toucher. Quand ses mains atteignirent ses épaules, il y vit le signe qu'elle en demandait davantage. Il l'entoura de ses bras pour l'attirer plus près de lui et il ouvrit la bouche. Ses doigts s'incrustèrent dans ses épaules et il eut peur qu'elle le repousse.

Pas tout de suite , s'il vous plaît.

Ce baiser était trop sincère, trop beau, il ne voulait pas qu'il s'achève si vite. Il voulait lui offrir un vrai baiser. Il lécha sa lèvre inférieure et elle ouvrit la bouche, probablement surprise. Quand il y plongea sa langue, elle s'agrippa plus fort à lui. Elle ne tentait toujours pas de s'échapper ou de le repousser. Au contraire, elle pencha la tête sur le côté et il en tira profit.

Il la serra contre lui, sans se soucier de la bienséance. Il caressait son dos alors qu'il ravageait sa bouche. Sa langue commença à chercher la sienne, délicatement au départ, puis avec plus de détermination. Il ne savait pas à quel moment précis sa démonstration s'était muée en acte complètement impulsif, mais Titus était en danger de perdre son contrôle depuis que cela s'était produit.

Au prix d'un effort titanesque, il arracha sa bouche de la sienne et fit un pas en arrière.

— Mes plus sincères excuses, Miss Lockhart.

Oubliez Haywood, Titus méritait d'être flagellé en place publique. Et pourtant, il ne regrettait pas de l'avoir embrassée, et ne pouvait s'empêcher de vouloir recommencer.

Ce qu'il ne ferait pas.

Elle amena une de ses mains à sa bouche. Ses yeux étaient méfiants, mais leur profondeur fauve abritait autre chose : une étincelle de chaleur.

— Merci. Ce fut.. tout à fait différent de la dernière fois.

Il rit, sans pouvoir s'arrêter.

— Je suis content de vous avoir rendu service. Mais nous ne pouvons pas recommencer.

Elle laissa retomber sa main.

— Non, certainement pas.

Le regard brûlant qu'elle lui lança ensuite provoqua une érection brutale. Elle parcourut sa silhouette de haut en bas, puis remonta vers ses yeux.

— Quel dommage !

— Miss Lockhart, si vous ne rentrez pas immédiatement, je ne réponds plus de rien.

Elle écarquilla brièvement les yeux avant de tourner les talons et de se hâter vers la maison. Elle ne lui accorda pas un regard quand elle disparut à l'intérieur. Titus expira, réalisant qu'il avait retenu sa respiration. Diable, il n'était qu'un animal lubrique.

N'avait-il pas menacé Haywood pour avoir eu un comportement similaire ? Peut-être pas identique, mais le résultat serait le même : la déchéance d'une dame qui méritait bien mieux. Et elle était si proche d'accéder à la vie qu'elle aurait dû avoir.

Une voix dans son esprit lui chuchota qu'il pourrait lui offrir cette vie s'*il* l'épousait. *Non*, il ne voulait pas d'une épouse. Une femme était un fardeau, qu'il porterait sans doute un jour mais dont il n'avait ni besoin, ni envie. Et même s'il le voulait, ce ne serait pas elle. Dès qu'elle connaîtrait la portée de son rôle dans sa chute, elle le détesterait. Qui pourrait s'accommoder d'un tel mariage ?

Non, elle méritait un homme honnête, quelqu'un comme Dawson, qui avait vraiment envie d'une épouse. Il s'occuperait bien d'elle, lui offrirait une vie agréable et lui ferait oublier son passé. Une petite part de Titus espérait qu'elle n'oublierait pas leur baiser. Il savait qu'il s'en souviendrait.

❦

*L*e soir suivant, Nora et Lady Satterfield se rendirent au bal le plus important de la Saison. D'après ce que Nora en avait entendu dire, le tout-Londres se bousculerait à la réception donnée par le duc et la duchesse de Colne. Et elle en avait beaucoup entendu parler pendant l'après-midi au parc.

Lady Satterfield regarda par la fenêtre et se dévissa le cou pour essayer de voir dans la rue.

— Mon Dieu, il y a des attelages partout. Il va vraiment y avoir foule.

Elle regarda Nora avec animation.

— J'espère que Satterfield pourra nous trouver.

Lord Satterfield devait les rejoindre après avoir débuté la soirée à son club.

L'œil pétillant, la comtesse fixa son attention sur Nora.

— Dites-moi, avec qui espérez vous le plus danser ce soir ?

Kendal.

Mais Nora évita de le dire. De toute manière, il ne serait pas là.

— Je suppose que je vais danser avec Mr. Dawson, et peut-être Lord Markham ou Mr. Gilchrist.

— Mr. Dawson semble s'être entiché de vous. Qu'en est-il de vous ?

Il était charmant, spirituel et assez attirant. Mais il n'était pas Kendal, à qui elle ne pouvait plus cesser de penser depuis le baiser de la nuit précédente.

— Il est plutôt plaisant.

Lady Satterfield épousseta sa robe.

— Eh bien, ce n'est pas une description très élogieuse !

— Je ne voulais pas du tout le dénigrer. Je l'aime bien.

—Mais l'aimez-vous assez pour accepter sa proposition s'il devait se déclarer ? C'est une chose d'apprécier un gentilhomme, mais c'en est une autre de consentir à passer votre vie avec lui. Pour certaines femmes, c'est suffisant. D'autres préféreront se marier par amour ou… passion.

Oui, la passion. Comme le baiser qu'elle avait échangé avec Kendal la nuit d'avant. Même si elle trouvait Dawson aimable, elle doutait qu'il puisse lui faire ressentir les mêmes émotions. Et elle n'était pas sûre d'avoir envie d'essayer.

— Quoi qu'il en soit, vous n'avez pas besoin de choisir Mr. Dawson, ou n'importe qui d'autre, si rapidement. Votre popularité commence juste à augmenter, et je crois que vous aurez bientôt plusieurs autres soupirants.

Elle se pencha en avant et tapota le genou de Nora avec un grand sourire.

— Merci, dit Nora, ravie de se voir accorder un délai.

Tout arrivait si vite : un jour elle cherchait un emploi pour subvenir à ses besoins, et le lendemain elle était la reine du bal.

Elle avait déjà des difficultés à choisir ses tenues, décider d'un futur mari lui donnait le vertige.

Finalement, elle regrettait sa vie tranquille à St Ives, avec ses roses et ses livres. Et les visites à sa sœur. Elle écrivait à Jo presque tous les jours et attendait avec impatience les réponses de sa sœur, qui revenaient à la même fréquence. Jo était heureuse que Nora ait bénéficié d'une seconde chance, mais elles étaient toutes deux sidérées de cette aubaine. Son père, en revanche, ne lui avait écrit qu'une seule fois, simplement pour lui annoncer qu'il était désormais installé avec sa sœur et son beau-frère. Nora était triste à la pensée de ne plus avoir de foyer où retourner. En fait, elle n'avait plus de maison, sauf celle des Satterfield, et elle devait s'y considérer comme chez elle.

— Quel genre de mariage préféreriez-vous ? demanda Lady Satterfield. J'ai eu assez de chance pour tomber amoureuse deux fois. J'aimerais que cela vous arrive aussi.

Son ton était chaleureux et empreint de sincérité, et Nora fut presque submergée de gratitude et de reconnaissance. Lady Satterfield remplaçait sa mère de bien des manières, et c'était le meilleur de tous les changements récents dans la vie de Nora. Une image de Kendal apparut dans son esprit.

Peut-être pas *le* meilleur.

— J'aimerais bien tomber amoureuse, dit-elle finalement. Mais à mon âge, je n'ai plus aucune illusion. Je serais déjà bien heureuse de trouver de l'amitié et du respect mutuel.

— Ne vous contentez pas d'un pis-aller. Je suis sûre que l'homme parfait vous attend.

Lady Satterfield regarda une nouvelle fois par la fenêtre.

— Ah, nous sommes enfin arrivées.

Le valet de pied ouvrit la porte et aida la comtesse à descendre du véhicule. La nuit était fraîche mais il ne pleuvait pas.

Nora prit la main que le valet lui tendait pour descendre à son tour, puis elle suivit Lady Satterfield jusqu'à la porte de la majestueuse maison de ville. La demeure des Colne était située dans un quartier extrêmement à la mode, au centre de Upper Grosvenor Street. Nora n'aurait jamais espéré y être invitée pendant ses Saisons précédentes. Maintenant, elle semblait avoir pénétré les plus hautes sphères et elle côtoyait des Insaisissables. Elle se faisait l'impression d'être un imposteur.

Nora laissa son esprit vagabonder pendant qu'elles attendaient dans la file pour entrer. Elle prêtait assez attention au protocole pour ne pas se ridiculiser, tout en s'autorisant à fantasmer. Elle s'imaginait un avenir où elle n'aurait pas besoin de choisir un mari, mais où elle pourrait être insouciante et indépendante. Dans ce monde rêvé, elle pouvait embrasser qui elle désirait sans la moindre conséquence.

— Miss Lockhart, quelle vision de rêve !

Mr. Dawson l'accueillit avec un large sourire et des yeux marrons illuminés d'admiration.

— J'espère bien être le premier à vous réclamer une danse ce soir.

— Vous l'êtes, en effet.

— Excellent, je viendrai vous chercher quand l'orchestre débutera.

Il s'inclina brièvement devant elle et s'éclipsa.

Pendant le quart d'heure qui suivit, Nora reçut assez d'invitations pour danser toute la soirée. Elle aurait dû se sentir excitée. C'était pourtant bien ce qu'elle avait désiré ?

Mais maintenant qu'elle l'avait obtenu, elle n'était pas sûre d'être satisfaite.

Elle dansa avec Mr. Dawson et essaya de s'imaginer mariée avec lui. Elle ne ressentait rien de la *passion* mentionnée par Lady Satterfield, mais il ferait un mari tout à fait acceptable.

Cela lui paraissait si morne.

Elle dansa avec deux autres gentilshommes avant la pause du souper. Quand la musique s'arrêta, son cavalier la mena hors de la piste et s'excusa de ne pas rester pour le repas. Nora en fut subitement heureuse car, à côté de Lady Satterfield, se tenait la dernière personne qu'elle s'attendait à voir ce soir, le Duc Inaccessible.

Kendal la regardait approcher, l'appelant de ses yeux verts, sombres et séducteurs. Le souvenir de ses lèvres sur les siennes la propulsa en avant, et elle se sentit presque obligée de marcher vers lui.

— Bonsoir, Miss Lockhart, dit-il de sa voix profonde et captivante.

Elle plongea dans une révérence.

— Bonsoir, Votre Grâce. Quel plaisir de vous voir ici !

Elle ne glissa aucune interrogation dans sa remarque, mais elle mourait d'envie de lui demander pourquoi il était là. Sa présence ne pouvait que faire sensation. Il releva un coin de sa bouche. Ce n'était pas un vrai sourire mais elle y vit le signe qu'il avait compris sa question silencieuse, car ses yeux semblaient briller d'une émotion contenue. Elle eut l'impression que la situation l'amusait, et elle aurait bien voulu savoir pourquoi.

— J'espérais pouvoir vous demander votre prochaine danse.

Oh non. Le dépit l'envahit. Sa popularité était devenue un véritable fléau.

— Malheureusement, je me suis déjà engagée, Votre Grâce.

La chaleur de son regard s'estompa.

— Je vais devoir me contenter d'une promenade.

— Après le souper, intervint Lady Satterfield.

Nora l'avait complètement oubliée. Elle avait même complètement oublié qu'ils étaient à un bal. Kendal et elle avaient paru être seuls au monde. Quelle délicieuse absurdité.

Lord Satterfield les rejoignit.

— Kendal, quelle surprise ! Avez-vous décidé de mettre le gratin en émoi ?

Il sourit joyeusement à son beau-fils avant de se tourner vers son épouse.

— Allons-nous souper ?

— Allons-y.

Kendal présenta son bras à Nora, et ils se dirigèrent vers la salle à manger en précédant les Satterfield. Une table pléthorique y était dressée ; Nora n'avait jamais vu un tel étalage. La quantité d'assiettes, de couverts et de verres lui fit tourner la tête.

Elle inclina la tête vers Kendal.

— Quelle invraisemblable abondance de vaisselle.

Elle parlait à voix basse, préférant que leur conversation

reste aussi privée que possible. Elle pouvait déjà voir les yeux dans la pièce fixés sur eux, entendre les questions et les commentaires que les invités tentaient de retenir. Elle préférait faire semblant d'être seule avec Kendal dans le jardin des Satterfield, ou n'importe où ailleurs.

Il la guida vers la chaise qui jouxtait celle de Lady Satterfield.

— Je ne peux pas imaginer organiser un événement de cette taille. Le bal annuel de ma belle-mère est déjà assez impressionnant.

Il installa Nora sur sa chaise et quand il la libéra, le froid l'envahit.

Lady Satterfield les regarda successivement, puis remarqua :

— Ce n'est pas si différent. Bien sûr, je n'ai pas la place ou les serviteurs pour un bal aussi colossal, mais si je les avais, je le ferais.

Elle sourit et ses yeux pétillèrent.

— Nora, quand vous serez mariée, vous serez peut-être l'hôtesse d'un tel bal.

Nora en avait rêvé pendant les premières années après sa déchéance, mais elle n'avait jamais vraiment pensé que cela se produirait. Même maintenant, alors qu'elle était fréquentait la crème de la crème, qu'elle était assise à côté d'un Insaisissable et qu'elle jouissait de plus de reconnaissance qu'elle n'avait osé en espérer, elle ne pensait toujours pas que ce soit possible. Elle n'était même plus sûre d'en avoir envie.

Kendal demanda à un valet de lui servir du clairet. Il se tourna vers Nora.

— Du clairet ou du Madère ?

— Madère, s'il vous plaît, dit-elle au valet.

Un femme assise de l'autre côté de Kendal entama la conversation :

— Kendal, c'est une véritable aubaine de vous rencontrer ici ce soir. Vous semblez très en vue cette Saison.

Nora ne l'avait encore jamais vu converser avec personne. Dans les rares occasions où elle l'avait vu en public, au bal ou au pique-nique, il n'avait discuté qu'avec elle ou ses beaux-parents. Elle était curieuse de voir son comportement.

Il tourna la tête vers cette femme, et Nora aurait donné toute sa fortune pour voir son expression. Elle tendit l'oreille pour écouter sa réponse.

— Oui.

Ce simple mot semblait lourd de signification, mais le message le plus important était : *Ne m'adressez plus la parole.*

Il se retourna vers Nora.

— Vous êtes-vous amusée à ce bal ?

— Oui, merci.

Elle jeta un œil autour de la table et constata, comme elle s'y attendait, qu'on les observait. Elle fit de son mieux pour ignorer les regards et se demanda comment Kendal faisait. Il semblait complètement insensible à son environnement.

— Comment faites-vous ? murmura-t-elle.

— Quoi ?

Il ne chuchotait pas vraiment, mais il prononça ce mot d'une voix basse et douce qui la fit frissonner.

— Comment faites-vous pour les ignorer ? répondit-elle.

— Ah ! Je pense que cette conversation devra attendre, dit-il en souriant à peine. Mais je vous promets que nous l'aurons.

Lady Satterfield se chargea d'entretenir la conversation pendant le souper. Quand le repas toucha à sa fin, elle se pencha pour regarder par-delà Nora.

— Kendal, est-ce que tu restes avec nous ?

Il secoua la tête.

— Vous ne pensez pas que je suis déjà là depuis bien assez longtemps ?

Il haussa les sourcils pour donner une note d'humour à sa réponse. Sa belle-mère émit un petit rire.

— Oui. C'est dommage que tu ne puisses pas danser avec Nora, mais je pense qu'elle n'a plus besoin de ton aide.

Bien sûr. Nora s'en doutait depuis longtemps. L'intérêt de Kendal pour elle n'était dicté que par les demandes de Lady Satterfield, maintenant elle en avait la preuve. Alors pourquoi l'avait-il embrassée ? Elle lui jeta un bref regard, subitement désarçonnée. Tout le monde commença à se lever de table. Kendal tira la chaise de Nora pour l'aider puis l'accompagna hors de la salle à manger. Une fois dans la salle de bal, il déposa un baiser sur sa main.

— Ce fut un plaisir, Miss Lockhart. Profitez bien du reste de votre soirée.

— Merci, Votre Grâce. Je vais le faire.

Elle n'en profiterait certainement pas autant que de l'heure écoulée, jusqu'à ce qu'elle se sente reléguée au rang d'obligation. Ou bien de service que le Duc Inaccessible rendait à sa belle-mère bien-aimée.

Une part d'elle protesta quand elle le vit quitter la salle de bal. Il s'était peut-être senti obligé au départ, mais elle pensait avoir bien interprété son ardeur quand ils s'étaient embrassés, l'humour de leurs conversations ou la promesse qu'il lui avait faite pendant le repas. Non, il ne semblait pas indifférent. Mais il cherchait peut-être uniquement à l'aider à atteindre son but.

Elle dansa avec plusieurs autres gentilshommes, mais elle ne trouva chez aucun d'entre eux les yeux verts et le sourire charmeur qu'elle recherchait. Quand elle remonta dans le carrosse avec Lady Satterfield, elle était épuisée.

— Comment peut-on survivre à toute une Saison de sorties aussi éreintantes ? demanda Nora.

Elle devrait sans doute dormir toute la journée du lendemain, mais elle savait déjà qu'elle n'y arriverait pas. Elle s'était toujours levée de bonne heure à la campagne, et n'avait pas encore brisé cette routine.

La comtesse se mit à rire.

— On s'habitue, mais je ne sors pas si tard tous les soirs. Je ne pourrais pas le supporter. C'était différent quand j'étais plus jeune.

Elle dévisagea Nora.

— Vous n'aimez pas cela ?

Nora ne souhaitait pas heurter ses sentiments. Après tout, Lady Satterfield lui offrait une chance en or, et Nora ne voulait pas paraître ingrate.

— Ce n'est pas cela… C'est différent.

— Vous vous en accommoderez. Quand vous serez mariée, vous pourrez décider de votre calendrier mondain. Regardez Kendal. Il s'en moque complètement.

Elle secoua la tête.

— Je suis surprise qu'il soit venu ce soir. Il va encore être le principal sujet de conversation demain, si ce n'est pas déjà le cas.

— Vous ne saviez pas qu'il allait venir ?

— Non, et je ne lui ai pas demandé non plus. Bien sûr, je lui ai dit que nous y serions.

Elle ne lui avait pas demandé de se rendre à ce bal. Cela signifiait qu'il y était venu, pour la voir, de son propre chef. Son malaise disparut, laissant place à une sensation de plénitude.

Lady Satterfield inclina la tête.

— Vous devez le trouver vraiment singulier. Je sais que certaines personnes le pensent, mais d'autres se souviennent de lui comme il était dans sa jeunesse.

Nora se pencha légèrement en avant, désireuse d'en savoir plus.

— Et comment était-il ?

— Il était insouciant, un authentique vaurien à vrai dire.

Ensuite, son père est décédé et il est devenu duc. Kendal, Titus, a pris ses responsabilités très à cœur et il a travaillé dur pour devenir le genre d'homme que son père aurait souhaité.

Nora était fascinée. Elle brûlait d'envie de découvrir les secrets du Duc Inaccessible.

— Et quel genre d'homme était-ce ?

— Kendal, feu mon mari, était l'homme le plus intelligent que j'aie connu. Il gérait ses domaines de manière irréprochable et défendait toujours une ou deux causes au Parlement. C'était un réformateur.

Elle sourit, le regard perdu au loin comme si elle était submergée par ses souvenirs.

— Il avait peu de temps à consacrer aux bêtises, ou du moins à ce qu'il considérait comme tel.

— Par exemple ?

Les lèvres de Lady Satterfield s'incurvèrent un peu plus.

— Les bals comme celui-ci, mais il aurait fait une apparition au souper, comme Satterfield.

Nora se fit la remarque que Satterfield était resté quelque temps avant de partir.

— Passait-il beaucoup de temps à son club ?

— Comme Titus, il restait la plupart du temps dans son salon privé.

Titus. Ce nom puissant qui rappelait les Titans de la mythologie grecque lui correspondait bien. Nora l'imagina en retrait, et fut surprise de trouver l'image attrayante. Mais bien sûr n'importe quelle image de lui réveillait les papillons dans son estomac. Elle tenta de se figurer un Titus plus jeune, débauché, mais elle échoua.

— Je n'arrive pas à imaginer Kendal en jeune irresponsable.

— Et pourtant il l'était.

Lady Satterfield secoua doucement la tête.

— Ses frasques rendaient son père furieux.

— Quel genre de frasques ?

— Il faisait les quatre cents coups : courses d'attelages, jeux… tout ce qui vous vient à l'esprit. Il faisait beaucoup parler de lui, je suis surprise que vous ne vous en souveniez pas. Vous deviez sortir à peu près à la même époque.

Nora essaya de se souvenir de lui, sans succès.

— Je n'évoluais pas dans les mêmes cercles.

Sa seule incursion dans les plus hautes sphères avait été quand Haywood l'avait remarquée, et on savait comment cela avait tourné.

— On ne l'appelait pas encore Kendal, dit Lady Satterfield. Il était marquis de Ravenglass.

Ce nom lui rappela quelque chose mais elle ne pouvait toujours pas situer Kendal.

Lady Satterfield bailla quand le carrosse s'arrêta devant la porte de leur maison.

— Mon Dieu, comme je suis fatiguée. Nous nous reposerons demain. J'ai besoin de rassembler toute mon énergie pour le thé que j'organise après-demain.

Nora fut enchantée d'avoir une journée de répit. Malgré tout, elle se sentait toujours nerveuse. Le nom de Ravenglass tourmentait son esprit mais elle n'avait pas de souvenirs de Kendal pendant ses premières Saisons. Elle s'endormit en pensant à un débauché nommé Ravenglass et en se demandant comment il était devenu le Duc Inaccessible.

CHAPITRE DIX

*E*n partant du bal, Titus se rendit chez sa maîtresse. Comme un valet l'informa qu'Isabelle était sortie voir une pièce de théâtre, il l'attendit. Il se servit un verre de whisky et, au lieu de s'installer confortablement, il se mit à faire les cent pas.

Elle fit une entrée remarquée dans le petit boudoir contigu à sa chambre à coucher. Sa robe du soir scintillante en satin rubis décorée de rubans dorés lui donnait l'allure d'un joyau étincelant fait pour être admiré. Et exhibé.

Il ne put s'empêcher de la comparer à Nora. Elle avait porté une robe de bal simple mais élégante, d'une riche couleur d'ambre qui faisait ressortir le roux de ses cheveux auburn et rendait ses yeux fauves plus lumineux. Là où Isabelle réclamait de l'attention, Nora vous attirait insidieusement dans son orbite et ne vous laissait plus la quitter.

Pourtant, il l'avait quittée. Il n'avait pas eu d'autre choix, sous peine d'offrir encore plus de prise aux racontars.

— Kendal, ronronna Isabelle. Quelle divine surprise !

Elle posa son châle bordé de fourrure sur le canapé.

— Donnez-moi quelques minutes pour me préparer avant de venir me retrouver.

Elle se dirigea vers sa chambre.

— Attendez. J'aimerais que… nous parlions.

Il s'assit sur la chaise à bras près de la cheminée, son whisky posé sur une table basse. Il but une gorgée et lui fit signe de s'asseoir aussi.

Elle s'assit au bord du canapé, l'air perplexe.

— Très bien.

Elle retira ses gants et les posa à côté d'elle. Ensuite, elle détacha la plume qui ornait son impressionnante coiffure.

— De quoi allons-nous discuter ?

Il haussa les épaules.

— Du temps. De la pièce que vous avez vue. Peu m'importe.

— Je comprends. Vous êtes venu discuter mais sans idée précise.

Elle plaça la plume sur ses gants.

— J'espère que vous me pardonnerez mon audace car vous avez la réputation de ne pas tolérer la stupidité, mais pourquoi m'avez-vous engagée ?

Il réprima une grimace et but une nouvelle gorgée.

— Non, je ne tolère pas les imbéciles.

Elle plissa les yeux.

— Vous m'avez dit explicitement que vous m'aviez choisie parce que je suis « heureusement dépourvue » de la fourberie dont mes *sœurs* font preuve. Préféreriez-vous aussi que je tienne ma langue ? Il me semble que vous avez apprécié cet appendice.

Elle faisait référence à la nuit où il l'avait prise à son service. Ils étaient revenus ensemble dans sa petite maison de ville, dont il payait à présent le loyer, et elle lui avait démontré l'étendue des talents dont elle s'était vantée. Elle était, sans conteste, une formidable amante. Et il ne l'avait plus touchée depuis.

— J'ai eu beaucoup à faire.

Elle ne lui avait pas demandé pourquoi il n'avait pas fait appel à ses services, mais il ressentait le besoin de se justifier. Qui se comportait comme un idiot, maintenant ?

Isabelle lissa sa jupe d'une main soigneusement manucurée.

— Eh bien, je suis enchantée que vous soyez ici ce soir. J'étais très impatiente d'apprendre à mieux vous connaître.

Elle lui adressa un regard séducteur qui ne laissait absolument aucune place au doute. Elle entendait l'attirer dans sa chambre à coucher et faire tout ce qu'il désirerait.

Mais ce n'était pas ce qu'il voulait. Du moins pas avec elle. Il réalisa qu'il avait rencontré Nora le lendemain de son accord avec Isabelle.

Isabelle le dévisagea un moment, et son expression passa de la séduction à la confusion. Elle se leva brutalement et se rendit au buffet, où elle se versa un verre de whisky.

— En voulez-vous encore ? demanda-t-elle.

Titus vit que son verre était presque vide.

— Oui, merci.

Elle marcha tranquillement vers lui avec la carafe et remplit le verre. De retour au buffet, elle se tourna vers lui, son propre verre à la main. Elle l'examina attentivement avant de boire une petite gorgée.

— Quelque chose ne va pas. Je crois que vous n'avez pas envie de moi. Et pourtant, c'était le cas. Que s'est-il passé ? Avez-vous rencontré quelqu'un d'autre ?

— Oui, répondit-il sans hésiter.

Elle pinça les lèvres.

— Je vois. Il s'avère que j'intéresse d'autres gentils-hommes, je n'aurai pas de difficulté à trouver un autre protecteur. Mais dites-moi qui est cette garce, que je renverse mon verre de Madère sur sa robe la prochaine fois que je la croiserai ?

Il faillit rire en entendant le venin dans sa voix. La recherche d'un protecteur pouvait rendre les courtisanes plutôt féroces.

— Non, ce n'est pas ce que vous pensez. Elle n'est pas… comme vous.

Elle écarquilla brièvement les yeux, et revint s'asseoir sur le canapé.

— Quand vous m'avez embauchée, vous avez réclamé une discrétion absolue sur notre relation, ainsi que sur nos discussions. Je prends cet engagement très au sérieux. Voulez-vous me parler d'elle ?

Pourquoi pas ? Il était venu voir Isabelle dans l'espoir qu'elle le soulage, mais il n'en avait plus envie. Non, quand il pensait à faire l'amour ce soir, ce n'était pas avec sa maîtresse.

Il s'éclaircit la gorge.

— Elle s'appelle Nora. Elle a, comment dirais-je, attiré mon attention.

— Tant mieux pour elle. Elle doit être aux anges d'avoir attrapé un duc.

Il fronça les sourcils.

— Ce n'est pas cela. Elle est sous la tutelle de ma belle-mère.

La bouche d'Isabelle forma un O.

— Elle est assez jeune, alors ?

— Non, pas vraiment.

Il ne connaissait pas son âge exact, mais il pensait qu'elle devait avoir vingt-sept ou vingt-huit ans.

— Elle est même plus âgée que vous.

Les sourcils blonds d'Isabelle s'envolèrent.

— Ah oui ? Et comment a-t-elle atterri sous la tutelle de votre belle-mère ?

Il but un long trait de son whisky.

— Les détails n'ont pas d'importance. Il suffit de dire que certaines… raisons m'empêchent de la courtiser.

— Bah. Vous êtes duc. *Le Duc Inaccessible*. Peut-être le pair le plus insaisissable de tout le royaume. Vous pouvez bien courtiser qui vous voulez.

L'usage du mot insaisissable le ramena à Nora. Avec ce simple mot, elle avait parfaitement illustré la hiérarchie pas vraiment subtile de l'élite. Il méprisait cette hiérarchie qui leur permettait, à lui et à ses semblables, de faire exactement ce qu'Isabelle avait dit : tout ce qui leur plaisait. Et dans le même temps, elle interdisait à des personnes comme Nora de faire ce qu'elles voulaient. La position sociale n'était pas seule en cause, leur sexe intervenait aussi. Dans sa jeunesse, Titus avait profité de tous ces avantages, sa position, sa nature d'homme et son pouvoir.

Au détriment de Nora.

— Je ne peux pas *la* courtiser.

Isabelle prit une autre petite gorgée.

— Vous ne pouvez pas ou vous ne le ferez pas ? Je maintiens que vous pouvez faire tout ce que vous voulez. N'importe quelle femme serait flattée d'avoir votre attention.

Son regard plongea vers son entrejambe.

— Que vous ayez un titre ou pas.

Il ne releva pas son subtil sous-entendu. Il termina son whisky d'un seul trait et se leva.

— J'ai fait une erreur en venant vous voir.

Elle se leva aussi et déposa son verre sur la table basse placée entre eux.

— Où allez-vous ?

Il n'y avait pas encore réfléchi. Une partie de lui voulait traquer tous les hommes qui avaient encombré le carnet de bal de Nora et les rouer de coups. Mais, bien sûr, il ne le ferait pas. Il avait déjà suffisamment attiré l'attention en se rendant à ce maudit bal. Et pourquoi ? Parce qu'il avait voulu voir Nora. Il en avait eu besoin. Depuis leur baiser, elle avait complètement envahi ses pensées. Isabelle fit le tour de la table et s'arrêta devant lui. Elle toucha sa poitrine, délicatement au début, puis en appuyant plus fermement sa main sur son manteau.

— Vous pourriez rester.

Il prit sa main et l'éloigna doucement.

— Merci, mais non merci. Je crois qu'il vous faudra chercher un autre protecteur, je prendrai soin de vous en attendant.

Elle fit la moue, affichant une expression si soigneusement séductrice qu'elle semblait issue d'années de pratique.

— Je préférerais rester avec vous.

— J'ai bien peur que cela ne soit pas possible. J'en suis navré.

Il s'éloigna d'elle et se dirigea vers la porte de l'entrée.

— J'en suis navrée aussi. Elle a de la chance.

Il faillit rire. Jusque-là, elle n'en avait pas eu beaucoup. Désormais, elle était au sommet d'une vague qui la conduirait vers la vie dont elle avait rêvé. Et dont il ne ferait pas partie.

~

*N*ora n'arrivait pas à dormir. Elle aurait dû être dans les bras de Morphée, mais son cerveau ne voulait pas s'éteindre. Elle se repassait en boucle ses échanges avec Titus au cours du bal. Et leur baiser. Elle se faufila jusqu'à la bibliothèque pour prendre un livre. Elle pourrait peut-être se détendre. Le contraire se produisit quand elle ouvrit la porte. Elle se figea. Titus se tenait devant les étagères, un verre de whisky à la main.

Il la vit s'arrêter sur le seuil et ses yeux la parcoururent. L'examen était lent, délibéré et grisant.

— Bonsoir à nouveau, Miss Lockhart.

— Que faites-vous ici ? laissa-t-elle échapper avant de maudire sa langue trop bien pendue pour la millième fois.

— Ce ne sont pas mes affaires. Je vous laisse.

Elle se détourna mais sentit un courant d'air. Et il posa une main sur son bras.

— Restez.

Il s'exprimait souvent par monosyllabes, mais l'intonation qu'il y mettait rendait ses mots lourds de sens. Du moins dans son esprit fantasque. Il avait dit « Restez », mais elle avait entendu de la chaleur et bien plus qu'une simple invitation. Elle y avait entendu l'écho de son propre désir.

Elle pencha la tête et posa son regard sur les doigts qui caressaient la manche de sa chemise de nuit. Elle s'aperçut qu'elle était à peine couverte. C'était plus que scandaleux.

— Je ne devrais pas, dit-elle en se tournant vers lui.

Il haussa les épaules.

— Personne ne le saura.

Il baissa les yeux sur le verre qu'il tenait dans son autre main.

— Voudriez-vous boire quelque chose ?

— Ce n'est guère convenable, répondit-elle en cherchant son regard.

— Rien de tout ceci ne l'est, pourquoi s'en soucier ?

Il la fit entrer plus avant dans la pièce puis la laissa un instant pour aller fermer la porte. Non, il n'y avait absolument rien de convenable dans cette situation. Elle aurait dû partir, mais elle ne pouvait pas. Elle voulait ce moment pour elle. Elle l'avait sûrement mérité.

— Vous buvez du whisky ? demanda-t-elle.

— Oui.

Il se rendit au buffet.

— Cela vous convient-il ou préférez-vous du sherry ?

Le sherry était un choix plus féminin, mais elle avait goûté au whisky une ou deux fois avec son père.

— Je devrais dire sherry, mais je vais prendre le whisky.

Il s'esclaffa. Elle adorait ce son. Pas seulement parce qu'il mélangeait agréablement des tonalités sombres et enivrantes, mais surtout parce qu'elle était presque sûre qu'il ne le faisait pas entendre à n'importe qui. Elle avait franchi son premier rempart, quelle curieuse sensation !

Il lui tendit son verre et leurs doigts s'effleurèrent rapidement. Leurs yeux se croisèrent, mais ne s'attardèrent pas. Il retourna vers les étagères.

— Pour répondre à votre question, je suis venu chercher un livre.

Elle but une petite gorgée et manqua de s'étrangler quand l'alcool lui brûla la langue et éveilla ses sens.

— Vous n'avez pas de livres chez vous ?

Il se tourna vers elle.

— Si, bien sûr. Mais je les ai tous lus.

— Tous ?

Il désigna les rayons.

— Et la majorité de ceux-là, malheureusement.

— Vous avez bien une bibliothèque à Lakemoor ? En avez-vous lu aussi tous les livres ?

— Loin de là. Elle est immense. Vous devriez venir la voir, un jour.

Comme elle aimerait y aller, et pas seulement par amour des livres. Elle voulait voir son foyer.

— J'aimerais bien. Il me faudrait juste une raison de venir.

— Je viens de vous en donner une.

Elle le regarda avec incrédulité.

— Vous avez l'air de penser que chacun peut faire ce qu'il veut, quand il le veut. Malheureusement, la vie n'est pas aussi simple ni facile pour la majorité d'entre nous.

Il plissa brièvement les yeux.

— Non, je suppose que non. Toutes mes excuses. Vous êtes la bienvenue n'importe quand.

Il se retourna vers l'étagère et posa son verre sur le bord en face d'un ouvrage particulièrement épais. Elle n'avait pas voulu l'irriter.

— J'aimerais bien… pouvoir faire ce que je souhaite. C'était presque le cas à St Ives. Personne ne se préoccupait de ce que je faisais, et c'était plutôt libérateur.

Il garda le dos tourné.

— Après avoir vécu à Londres, je comprends bien votre sentiment. Les jeunes femmes telles que vous sont sans arrêt sous le microscope.

Elle le rejoignit près des rayons.

— Tout comme les ducs inaccessibles. On pourrait en déduire que c'est Londres, ou plutôt la Société, le problème.

Il posa son regard sur elle.

— Et maintenant, vous aimeriez être indépendante ? Bien sûr, qui ne le souhaiterait pas ?

Elle rit à son tour.

— Je pense vraiment que quelques-unes des femmes que j'ai rencontrées pendant mes premières Saisons n'apprécieraient pas. Elles ne sauraient pas se débrouiller seules.

Il se tourna pour s'appuyer contre l'étagère. Son regard la caressait et elle dut faire un effort pour ne pas se rapprocher de lui.

— Mais vous sauriez. Expliquez-moi.

Nora but encore un peu. Cette gorgée descendit beaucoup plus facilement.

— Si je pouvais faire tout ce que je veux ?

Quand il acquiesça, elle continua :

— J'habiterais à la campagne. J'apprécie certaines distractions londoniennes, comme le musée, mais je n'aimerais pas passer tout mon temps en ville. Un village me plairait, j'adore les jours de marché.

— Vous habiteriez seule ?

Il semblait sincèrement s'intéresser à ses réponses.

— Je m'accommoderais bien d'un serviteur ou deux. Peut-être un couple marié : une femme pour la maison et la cuisine, son mari pour aider à l'entretien et au jardin.

— Vous y avez déjà beaucoup réfléchi, dit-il.

Elle sourit, charmée par la conversation. Par lui.

— À l'instant.

— En dehors de vos domestiques, voyez-vous quelqu'un d'autre dans votre vie ? Un mari, peut-être ? Il me semblait que vous en désiriez un.

Elle l'avait cru aussi, mais maintenant que c'était à sa portée, elle n'était plus sûre. Elle n'arrêtait pas de penser à sa sœur.

— Ma sœur a épousé notre pasteur. Elle est assez heureuse, mais je ne crois pas qu'elle soit comblée.

Elle secoua la tête.

— Je raconte n'importe quoi.

— Au contraire, je vous comprends tout à fait. Vous ne voulez pas marcher dans ses pas. Si vous devez vous marier, il vous en faut plus.

Il *comprenait*.

— Finalement, je dois être trop vieille pour une telle entreprise. Je me sens un peu ingrate. Lady Satterfield a été si gentille et si généreuse.

L'espace entre eux s'amenuisait. Elle s'aperçut qu'il s'était avancé vers elle.

— Vous ne devez pas croire cela. Ma belle-mère ne voudrait pas vous obliger à faire ce dont vous n'avez pas envie. Si vous avez changé d'avis et que vous ne voulez plus vous marier, dites-lui.

Nora éprouvait des difficultés à suivre la conversation. Sa proximité jouait des tours à sa faculté de concentration.

— Je n'ai pas complètement changé d'avis. Je dis simplement que je préférerais ne pas me marier plutôt que d'épouser la mauvaise personne.

— Vous êtes une femme avisée, Nora.

Il ferma les yeux un instant et quand il les rouvrit, ils étaient d'un vert si vif et brillant que Nora fut presque éblouie.

— Toutes mes excuses, Miss Lockhart, je ne voulais pas dépasser les limites de la bienséance.

Elle s'apprêtait à l'en prier, mais elle réussit à retenir les mots avant qu'ils ne sortent d'eux-mêmes. Elle fut un peu surprise d'y arriver, étant donné l'état de transe dans lequel elle était tombée. Et dont elle ne voulait pas forcément sortir.

— Vous m'avez promis de m'expliquer comment vous ignorez tout le monde, dit-elle. Pouvez-vous me le dire maintenant ?

Il arqua un sourcil.

— C'est un secret bien gardé. Le véritable fondement de ma réputation de Duc Inaccessible.

Il leva les yeux au ciel, et elle fut surprise par son comportement. Il semblait si... abordable. Pas du tout inaccessible.

— Quel surnom stupide !

— Mais si séduisant en même temps. Nous désirons tous ce que nous ne pouvons pas avoir, n'est-ce pas ? Vous déclarer inaccessible vous rend encore plus attrayant.

Il approcha encore plus près.

— Croyez-vous ?

Le souffle de Nora était prisonnier de sa poitrine. Sa peau semblait prendre feu. L'envie et le besoin s'entremêlaient dans son ventre. Elle réussit à ne pas bouger malgré son tumulte intérieur.

— Oui.

— Alors, pour vous, je serai inaccessible.

Tout espoir de garder pour elle ses pensées inavouables s'envola.

— Quel dommage, j'espérais que vous m'embrasseriez de nouveau.

— J'espérais que vous le demanderiez.

Il n'hésita pas avant de réclamer sa bouche. Il avait pris son temps auparavant, cette fois c'était différent. Ses lèvres étaient insistantes, sa langue chercha immédiatement à pénétrer sa bouche. Elle l'ouvrit et voulut s'agripper à ses épaules, mais elle s'aperçut qu'elle tenait encore son verre. Il parut lire ses pensées et enroula ses doigts autour des siens un court instant. Il lui prit le verre des mains et le déposa sur l'étagère avec un léger claquement.

Il entoura sa taille de ses bras et l'attira tout contre lui. Son peignoir et sa chemise de nuit offraient peu de protection contre la chaleur et le poids de son corps. Mais elle n'avait pas envie d'être protégée. Au contraire, elle voulait sentir sa peau contre la sienne. Elle toucha sa poitrine et fit courir ses mains le long de son manteau jusqu'à rencontrer la peau nue de son cou. Elle enroula ses doigts autour de sa nuque et les fit glisser dans ses mèches soyeuses.

Il lécha l'intérieur de sa bouche. La sensation provoquée la traversa et alluma un incendie dans son entrejambe. Aucun homme ne s'était approché aussi près d'elle, mais ce n'était pas encore assez. Elle tira sur ses cheveux et se plaqua contre lui.

Il serra sa taille, l'embrassant presque sauvagement. Mais quel délice ! Elle n'avait jamais imaginé un tel déferlement de plaisir, ni un besoin si intense. Subitement il s'écarta d'elle.

— Nora, ce n'est pas une bonne idée.

Il la regardait, l'air hagard, les lèvres entrouvertes et le souffle court.

Bien sûr, c'était une très mauvaise idée. Elle avait tant de raisons de courir à l'étage. Parmi elles et non des moindres, le fait qu'il était le fils de sa bienfaitrice ou que l'histoire pourrait bien se répéter. Mais la situation lui paraissait si différente. Haywood s'était joué d'elle, il lui avait *menti*. Avec Titus, tout semblait… vrai, même si la Société la condamne-rait si elle avait tort.

— Vous avez malheureusement raison. Peu importe que j'aie envie de vous, et Dieu sait que c'est le cas.

Elle ne ressentait aucune honte, malgré les diktats de la Société. Cependant, elle respectait les convenances et c'est pour cela qu'elle devrait partir. Mais ses pieds semblaient de plomb et son esprit restait captif du moment. Il avait les yeux assombris par ce qu'elle savait être de la convoitise, mais aussi de la méfiance.

— Vous me tentez au-delà du raisonnable.

— J'ai peur que mon esprit rationnel se soit envolé au moment où vous avez déclaré que vous seriez inaccessible pour moi. Je veux ce que je ne peux pas avoir, Titus. Et oui, je vous appellerai Titus si vous devez m'appeler Nora.

— Il semblerait qu'aucun d'entre nous n'ait l'intention de partir.

Ils ne se quittaient pas des yeux, figés comme s'ils s'em-brassaient encore. Nora ne pouvait pas comparer cet instant à la sottise qu'elle avait commise neuf ans plus tôt. A cette époque, elle n'avait ni envisagé les conséquences de sa conduite, ni ressenti un désir si profond.

— Je ne peux pas me résoudre à m'éloigner.

Elle voulait faire comme lui, ne pas se soucier du qu'en-dira-t-on. Mais pouvait-elle réellement hypothéquer son avenir pour passer cette nuit avec cet homme ? Les mots quittèrent sa bouche avant qu'elle puisse les retenir.

— Personne ne le saura.

Il cligna des yeux.

— Pardon ?

— J'ai dit que personne n'en saurait rien. Quoi que nous fassions ce soir… personne ne le saura. Tout le personnel dort à l'étage, sauf le valet qui s'est probablement endormi à son poste après vous avoir laissé entrer.

Elle ne risquait rien. Son avenir serait sauf. Après tout ce qu'il avait déjà fait pour elle, elle lui faisait confiance. Elle répéta ses mots, avec cette fois une pointe d'interrogation:

— Personne ne le saura.

Il hocha la tête, les yeux brûlants d'une promesse fervente.

— Jamais.

— Seulement nous, dit-elle à voix basse, envahie par une douce perspective à l'idée de prendre cette décision. Je voudrais que vous restiez. Ici. Avec moi. Et... que vous continuiez. Je ne suis plus la jeune fille naïve que j'étais, et j'ai conscience du risque que je prends. Je ne sais pas ce que me réserve l'avenir. Je *veux* cette nuit. Je *vous* veux.

Elle tremblait d'excitation et d'appréhension. Allait-il la mépriser ? Ou pire, allait-il refuser ?

— Nora, êtes-vous sûre ? Il y a des choses...

Elle se rendit rapidement à la porte et ferma le verrou, heureuse qu'il y en ait un. Puis elle revint vers lui et posa un doigt sur ses lèvres.

— Chut. Je ne veux pas en parler maintenant. Je n'attends rien de vous en dehors de cette nuit. Je comprendrai si votre honneur vous réclame de partir, mais je préférerais vraiment que vous restiez.

Il saisit sa main et éloigna son doigt de sa bouche.

— Que représente l'honneur comparé à ce cadeau ? Vous pouvez m'avoir. Mais cela reste votre choix. Je veux que vous exerciez ce pouvoir.

Mon Dieu, comme elle le voulait aussi.

Il déboutonna lentement son manteau, un bouton après l'autre. Il ôta le vêtement de ses épaules et le jeta sur la chaise. Puis répéta le processus avec son gilet. Quand ses doigts défirent sa cravate, son regard s'assombrit encore et ses pupilles se dilatèrent davantage. Le regarder retirer ce morceau de tissu, exposer sa gorge dénudée, lui donnait la sensation d'être la femme la plus puissante au monde. Cet homme s'offrait à elle.

Elle avait revendiqué cette parcelle d'indépendance, de supériorité, et elle s'en servait. Pour les neuf dernières années. Pour le futur et ce qu'il apporterait.

Pour elle.

Elle dénoua la ceinture de son peignoir et laissa tomber le vêtement au sol. Elle prit une grande inspiration, puis passa sa chemise de nuit par-dessus sa tête d'un mouvement rapide par peur de perdre son courage.

— Montrez-moi comment faire.

Elle le regarda dans les yeux et, pendant un instant, le désir qui crépitait entre eux devint tangible. Elle retint sa respiration.

— Vous êtes magnifique.

Il fit un pas vers elle, son regard de prédateur détaillant son corps.

Elle tenta de se couvrir d'une main, mais il tendit la sienne pour l'arrêter.

— S'il vous plaît, non. Je veux seulement vous regarder. Puis-je ?

Il releva les yeux vers son visage, et elle y découvrit un besoin brutal, mais aussi de la délicatesse. Si elle disait non, il la lâcherait. Elle en était sûre.

Elle laissa sa main retomber et tenta de se détendre. Il n'y aurait plus jamais de nuit comme celle-ci. Elle voulait profiter entièrement de l'expérience. De lui.

Il s'approcha encore et s'arrêta devant elle. Son regard descendit vers sa poitrine et provoqua des picotements sur ses seins. Elle n'aurait pas pensé ressentir autant de sensations sans même qu'il la touche. Il tourna autour d'elle, lentement, et son regard l'explorait plus minutieusement que ses mains ne l'auraient fait. Elle se sentait vulnérable, nue debout devant lui. Elle n'avait jamais été aussi excitée, n'avait jamais imaginé de telles sensations.

Il était maintenant derrière elle. Elle sentit son souffle sur sa nuque. Il était près d'elle, mais pas assez pour la toucher. Un frisson descendit le long de sa colonne vertébrale. Ses seins se tendirent. Elle les regarda et vit que ses mamelons avaient durci. Il revint sur son côté et elle put de nouveau le voir. Sa tête sombre était penchée en avant. Elle respira son parfum de santal et son excitation ne fit qu'augmenter. Elle voulait l'étudier comme il l'avait fait.

— Vous portez encore beaucoup trop de vêtements.

Elle ne pouvait rien dire de plus. Sa voix ne lui appartenait plus.

— Oui.

Il s'assit au bord de la chaise et retira ses bottes. Ses bas suivirent rapidement.

Il se leva et tira les pans de sa chemise de ses culottes. Elle s'approcha de lui et couvrit ses mains des siennes.

— Puis-je ?

Il la regarda, ses yeux verts étincelant comme des émeraudes.

— Oui.

Il laissa tomber ses mains à ses côtés. Elle remonta la chemise, exposant sa peau. Il était incroyablement musclé, avec un ventre plat digne d'une statue.

Il leva les bras pour qu'elle passe le vêtement au-dessus de sa tête. Elle le laissa tomber à terre, sans se soucier de l'endroit où il atterrirait. Toute pensée cohérente déserta son cerveau. Elle était sans voix devant sa beauté.

Contrairement à lui, elle ne put s'empêcher de le toucher. Elle tendit la main et effleura du bout des doigts l'espace entre son ventre et sa poitrine. Il était chaud, lisse et ferme.

Il tressaillit et inspira vivement. Elle retira immédiatement sa main et regarda son visage.

Il attrapa cette main et la replaça sur sa poitrine, un peu plus haut, dans une zone moins lisse mais parsemée de poils sombres.

— N'arrêtez pas. À moins de le vouloir.

Elle ne voulait pas. Elle posa sa paume à plat, se délectant du contact de sa toison et de sa peau en-dessous.

— Nora, dit-il d'une voix éraillée. Je voudrais vous toucher aussi. Puis-je ?

Elle n'avait pas demandé la permission de le toucher, mais il semblait s'en moquer. Elle fut toutefois flattée qu'il ait pensé à le faire.

— Oui. S'il vous plaît.

Elle se crispa, impatiente mais également effrayée.

Il fit gentiment courir ses doigts le long de son épaule, puis suivit sa clavicule avant de descendre entre ses seins. Elle se tendit mais son toucher restait léger, subtil. Sa main dériva dans la douce vallée puis sous son sein droit. Quand ses phalanges en effleurèrent le dessous, elle sursauta à son tour. Il ouvrit la main et prit son sein en coupe. Il était toujours aussi incroyablement doux, prenant tout le temps dont elle avait besoin.

— Est-ce difficile pour vous ? demanda-t-elle.

— Que voulez-vous dire ?

Il la tenait tendrement, et son pouce caressait son sein en mouvements toujours plus larges, qui l'amenaient de plus en plus près de son mamelon. Elle se tendit vers lui, désirant ce contact. Nécessitant cette connexion.

— Vous vous… maîtrisez tellement. Je ne peux même plus aligner deux pensées.

— Vous croyez vraiment que je fais beaucoup mieux ? Je n'en ai qu'une seule, vous donner du plaisir.

Oh mon Dieu. Ses genoux se mirent à trembler, tout son corps se liquéfia.

Il entoura sa taille d'un bras pour la soutenir. Enfin, *enfin*, son pouce caressa son mamelon et ensuite il fit l'impensable: il se pencha et le prit dans sa bouche, scellant ses lèvres sur sa chair. Pendant toute son exploration, elle avait continué à le toucher, mais ce n'était plus suffisant. Elle posa la main sur sa tête et glissa ses doigts dans ses cheveux. Il ajusta sa prise sur sa taille en continuant à la lécher. Les premières caresses furent légères, taquines, mais leur intensité augmenta jusqu'à lui donner l'impression qu'il la dévorait. C'était ainsi qu'elle le décrirait. Et elle ne voyait pas de meilleure description, car elle se sentait maintenant aussi affamée. Elle ne savait pas encore de quoi elle avait faim, mais elle était sûre qu'il la comblerait. Il avait dit que sa seule pensée était de lui donner du plaisir.

Elle ferma les yeux alors qu'il festoyait, passant d'un sein à l'autre. La tête rejetée en arrière, elle se tenait à lui, une main enfoncée dans sa chevelure et l'autre agrippée à son épaule. Chaleur et désir se répandaient dans son corps, et se combinaient pour créer une envie sauvage entre ses cuisses. Elle savait ce qui se produirait ensuite, ce qui *pourrait* se produire, si elle laissait faire.

Elle ne devrait pas, mais pourquoi pas? C'était sa nuit. Il avait voulu lui donner le pouvoir de choisir, et c'était ce qu'elle choisissait.

Sa bouche quitta son sein juste avant qu'il ne pose une main sur sa nuque. Elle ouvrit les yeux, pour s'apercevoir qu'il s'était redressé et qu'il la regardait. Elle pensa qu'il allait parler, mais non. Sa bouche vint se poser sur la sienne, et ses lèvres et sa langue la consumèrent. Aucun baiser ne pouvait être aussi parfait. Elle prit conscience que tout cela dépassait sa compréhension, et éprouva une certaine tristesse à l'idée qu'elle avait vécu vingt-sept ans sans connaître ce plaisir.

Encore une raison pour l'accepter tant qu'elle le pouvait. Elle referma les yeux et se laissa emporter par l'instant.

Il tenait fermement sa tête entre ses mains, et il ravageait sa bouche en se servant de sa langue et de ses lèvres. Elle essaya de le copier, en bougeant la langue et en suçant sa peau, mais elle n'était qu'une pauvre débutante.

Avec la main qui enserrait sa taille, il l'attira tout contre lui. Leurs torses se touchèrent et elle gémit dans sa bouche. La sensibilité de ses seins, déjà enflammés par ses baisers, augmenta encore. La pulsation née dans ses mamelons voyagea dans tout son corps et s'installa entre ses jambes, propulsant ses hanches en avant. Bien qu'il porte toujours ses culottes, elle pouvait sentir l'ampleur de son excitation contre son bas-ventre. Le besoin était pressant, mais la position n'était pas correcte. Elle se mit sur la pointe des pieds pour l'amener à bonne hauteur. Quand il la frôla, la lumière vacilla derrière ses paupières.

Il interrompit son baiser et, d'un mouvement fluide, la souleva et l'emporta jusqu'au canapé. Il la posa doucement sur les coussins et l'observa. Il serrait les dents, et elle eut le sentiment qu'il se contrôlait à peine. Elle se demanda s'il s'abandonnait parfois complètement. Elle voulait le voir faire.

— Nora, dois-je m'arrêter ?

— Maintenant ? Les choses commencent juste à devenir intéressantes.

Cet éclair de plaisir qu'elle avait ressenti promettait tellement. Il n'était pas question qu'elle l'autorise à s'arrêter.

— Montrez-moi.

— Vous êtes remarquable.

L'ombre d'un sourire étira ses lèvres. Il s'agenouilla sur un coussin près de ses pieds. Il saisit la cheville qui se trouvait près du dossier du canapé et souleva sa jambe. Puis il glissa sa main autour de l'autre cheville et, du pouce, caressa sa peau.

— Je vais vous donner du plaisir. Pouvez-vous me faire confiance ?

Elle acquiesça, son corps implorant d'être soulagé. Sa main courut le long de son mollet, et remonta sa jambe en la caressant doucement. Elle se mit à respirer plus vite, et entendit son pouls battre à ses oreilles. Il posa la main à plat sur l'intérieur de sa cuisse et l'écarta, exposant sa chair la plus délicate.

Elle essaya instinctivement de resserrer les jambes, mais il la tenait fermement.

— Faites-moi confiance, Nora.

Il agrippa sa jambe et bougea sa main droite entre ses cuisses. Le bout de ses doigts effleura sa chair. Elle fut si surprise par ce contact intime que ses hanches se soulevèrent violemment.

Il tenait bon et continuait à la caresser, provoquant cette sensation qu'elle avait eue quand elle s'était pressée contre lui. Mais qui se répétait encore et encore, s'ampli fiait... Il accentua la pression, et son pouce trouva un point particuliè-rement sensible qui la fit crier. Il se pencha et l'embrassa de nouveau, la bouche ouverte, humide et si merveilleuse.

Elle lui rendit son baiser, prête à s'accrocher à tout ce qui l'empêcherait d'exploser. Il glissa son doigt en elle, et ses hanches quittèrent une nouvelle fois le canapé.

Il arracha sa bouche de la sienne, et la pièce résonna de leurs respirations haletantes. Sa main continua sa délicieuse agression, la rendant totalement frénétique. Ses hanches roulaient de leur propre volonté, cherchant plus de contact.

Il souffla contre son oreille:

— Je veux poser ma bouche sur vous. Me laisserez-vous faire ?

Elle essaya de comprendre ses mots mais, comme il embrassait à présent son cou, c'était peine perdue. Elle rejeta la tête en arrière sur le coussin et gémit.

— Nora, je vous en prie.

Elle se cramponna à son dos en incrustant ses doigts dans ses muscles, et lutta pour répondre:

— Votre bouche... Où ?

Il plongea son doigt en elle, et la lumière clignota encore derrière ses paupières.

— *Ici.*

Oui, oh mon Dieu, oui, tout ce qu'il veut.

Elle avait sans doute parlé à voix haute parce qu'il se déplaça le long de son corps, laissant avec sa bouche une traînée de baisers coquins. Quand sa langue la lécha « ici », elle émit un son épouvantable. Un son qu'elle ne croyait pas qu'une femme pouvait faire.

Il ne prit pas son temps, et ne fut pas doux non plus. Comme il l'avait fait avec ses seins, il entreprit de la dévorer. Elle s'arqua contre lui, chassant la douce délivrance qu'elle sentait venir.

Il suça ce point si sensible pendant que ses doigts caressaient son intimité, et tout en elle se raidit. Le temps sembla s'arrêter quand son corps convulsa. Et l'univers explosa.

CHAPITRE ONZE

*T*itus sentit son orgasme déferler sur elle. Ses muscles se contractèrent et une vague d'écume inonda sa langue. Sa jouissance, un don total d'elle-même, était la chose la plus délicieuse qu'il ait jamais goûtée.

Sa queue palpitait dans ses culottes. Les vêtements masculins n'étaient simplement pas conçus pour faire l'amour. Il se recula et l'observa pendant qu'il l'aidait à reprendre ses esprits en la caressant. Elle était, de loin, la plus belle femme qu'il ait jamais contemplée. Et cela n'avait rien à voir avec la perfection de ses seins pâles, la courbe délicate de ses hanches ou la teinte rosée de ses lèvres pleines. C'était à cause de sa confiance en lui et de sa volonté de prendre ce qu'elle désirait. Il avait voulu lui donner du plaisir, et elle l'avait pris. En fait, elle l'avait saisi des deux mains et s'était ruée à sa rencontre de la manière la plus primitive qui soit. En un mot, il était captivé.

Mais il était prêt à s'arrêter si elle le lui demandait. Il avait fait ce qu'il avait prévu, et même plus. Il n'était venu dans cette maison que pour être proche de la femme qui l'avait complètement ensorcelé. Il n'avait pas envisagé qu'ils puissent se retrouver, surtout pas dans ces conditions. Ce qui ne voulait pas dire qu'il n'en avait pas rêvé. Il l'avait imaginée plus d'une fois, nue et offerte devant lui, la peau rose de plaisir.

Elle ouvrit les yeux et le regarda avec émerveillement. Il se força à parler.

— Nora, si vous souhaitez que je m'arrête, c'est maintenant.

Elle abaissa son regard sur la bosse qui tendait ses culottes.

— Et vous ?

— Je ne compte pas. Cette nuit est à vous.

—Alors, je n'en ai pas terminé.

Elle s'assit et s'attaqua aux boutons de sa braguette.

— Nous n'en avons pas terminé.

Il stoppa ses mains d'un mouvement ferme.

— Nora, si nous continuons, vous ne serez plus jamais la même. Vous comprenez ?

— Je ne suis déjà plus la même. Et j'en remercie Dieu. Pour cela et pour vous.

Elle haussa un sourcil.

— Si vous croyez que je vais vous laisser partir maintenant, c'est que vous n'avez pas été très attentif.

Il s'amusa de la voir plisser légèrement les yeux et lui lancer un regard plein de détermination.

— Vous êtes un peu tyrannique, n'est-ce pas ?

— Oui, si c'est nécessaire. Titus…

Il la regarda chercher les mots pour exprimer ses désirs et décida de la secourir.

— Si vous insistez.

— Oui.

Elle repoussa ses mains et continua à défaire ses boutons. Quand ses culottes furent grandes ouvertes, elle tira dessus.

— Ouste !

Il se leva et se débarrassa du reste de ses vêtements jusqu'à se tenir nu devant elle. Il pensait que son regard allait s'attarder sur son membre durci et ne fut pas déçu. Il fut malgré tout surpris – mais pourquoi ? – quand elle tendit la main et fit courir un doigt sur toute sa longueur. Elle inspira profondément et fixa longuement la perle de liquide qui se formait à l'extrémité. Elle le caressa une nouvelle fois et toucha timidement la goutte. Puis elle leva son regard vers lui.

— Quel goût cela a-t-il?

Il ne put se retenir de rire.

— Je n'en sais vraiment rien.

Elle hocha lentement la tête puis dirigea de nouveau son regard vers le bas.

— Votre peau est beaucoup plus douce que je ne l'imaginais.

Guidée par son instinct, elle l'entoura de ses doigts, cherchant à lui procurer du plaisir. Du moins, il supposa qu'il s'agissait d'instinct.

— Nora, vous êtes incroyablement douée.

— Oh?

Elle continuait à caresser son manche, et ses hanches réagissaient de leur propre chef, se projetant à sa rencontre sans qu'il puisse les en empêcher. Il avait déjà été proche de l'orgasme quand il l'avait fait jouir, mais il avait réussi à se maîtriser.

— Il en revient, murmura-t-elle.

Puis elle baissa la tête et tira la langue pour cueillir la nouvelle goutte qui perlait à son bout.

— Bon Dieu, Nora, vous allez me tuer.

— Humm, salé. Il y en aura… encore… plus tard?

— Quand j'atteindrai l'orgasme, oui. Comme vous tout à l'heure.

— Mais ceci pourrait me faire tomber enceinte.

Elle fronça les sourcils. Sa main continuait sa lente mais merveilleuse torture.

— Cela pourrait être un problème.

Oh que oui.

— Il existe des précautions, dit-il avec conviction. Rien n'est infaillible, bien sûr.

— Alors il faut les prendre.

Elle resserra sa prise, l'amenant involontairement plus près de l'abîme.

— Continuons.

— Nous n'avons jamais arrêté. N'avez-vous pas la moindre idée de ce que vous m'avez fait ?

Elle haussa encore ce fichu sourcil.

— Je ne suis pas demeurée.

— Non, bon Dieu, bien sûr que non.

Il la repoussa sur le canapé et s'installa entre ses jambes.

— Pardonnez mon manque d'élégance, mais je n'ai absolument aucune expérience avec les vierges.

— Je pense que votre vision du déroulement de cette rencontre est erronée. Au cas où vous n'auriez pas remarqué, je passe un excellent moment. Et je ne pense pas que cela changera. Vous êtes bien trop attentionné.

Elle attrapa ses hanches.

— S'il vous plaît, Titus. Souvenez-vous simplement de prendre les précautions nécessaires.

Oui, il devrait conserver ses esprits. À la seconde où son membre la pénétra, il eut peur d'être perdu. Il avançait doucement, incertain. Elle était extrêmement étroite. Ses muscles enserraient son manche et il progressait lentement dans son canal lisse. Comme il la sentait se tendre un peu plus à chaque centimètre gagné, il joua avec son clitoris. Il titilla sa chair, la stimula jusqu'au moment où il la sentit se relâcher. Alors il s'enfonça jusqu'à la garde.

Penché sur elle, il posa ses lèvres sur sa tempe.

— Est-ce douloureux ?

— Non. C'est… agréable, en fait. Cette sensation que j'ai eue plus tôt, où j'avais l'impression d'être ouverte en deux… j'ai bien peur qu'elle revienne.

Peur ?

— Vous n'avez pas aimé ?

— Si, j'ai *adoré* !

Il commença à bouger, d'abord lentement. Il ne voulait pas lui faire mal. Très vite, elle se mit à bouger avec lui, en soulevant les hanches. Le frottement était incroyable. Il n'allait pas durer longtemps, mais c'était sans doute aussi bien. Si seulement il pouvait la faire jouir avec lui. Il recommença à masser son clitoris jusqu'à ce que ses mouvements s'amplifient. Elle venait à sa rencontre, et la pièce se remplit des sons de la collision de leurs corps.

Il accéléra le tempo, et son orgasme se précipita.

— Avec moi, Nora.

Il eut vaguement conscience qu'elle ne pouvait pas comprendre de quoi il parlait, mais elle jouit. Elle poussa un cri, et ses muscles se crispèrent autour de lui. Ses couilles se contractèrent, et il eut juste le temps de se retirer avant de se répandre en elle. À la place, il jouit sur son ventre. Et, comme il l'avait craint, cela manquait d'élégance. Incapable d'endiguer le flot de sa semence, il continua à astiquer son manche jusqu'à la dernière goutte. Un plaisir intégral et électrisant le transperça de part en part. Mais quel chantier !

— Voilà, je vous avais bien dit qu'il faudrait me pardonner.

Il se déplaça pour aller chercher sa cravate abandonnée dans un coin. Puis il revint vers elle et essuya sa peau.

— Il vaut mieux que ce soit là plutôt… qu'ailleurs, dit-elle, avec un à-propos qu'il trouva bien trop attirant.

Comme le reste de sa personne.

Il l'aida à s'asseoir, puis lui tendit ses vêtements. Pendant qu'elle se couvrait, il remit de l'ordre dans sa propre tenue. Son valet ferait la grimace devant l'état de ses habits, mais Titus s'en moquait. Il ne se souvenait quand il avait passé une meilleure nuit. Peut-être jamais.

— Eh bien ce fut...stupéfiant.

Sa déclaration faisait écho à ses propres pensées, et lui procura une bouffée de plaisir.

— Tout à fait.

Elle se leva du canapé et serra la ceinture de son peignoir.

—Vous parlez toujours par monosyllabes.

Il s'assit sur la chasse pour remettre ses bas et ses bottes.

—Je pensais avoir assez parlé.

Le sourire qu'il reçut en réponse était diabolique, et il comprit à cet instant qu'il ne pourrait jamais plus la regarder sans penser à cette rencontre, à ce qu'ils avaient partagé. Quoi qu'il advienne, ils étaient connectés à un niveau qu'il n'avait jamais connu.

— En effet, dit-elle, et de manière étonnante. Je vous remercie d'avoir pris ces... précautions. Mais surtout, je dois vous remercier pour m'avoir permis de satisfaire ma curiosité.

Il espérait que leur rencontre avait plus d'importance que cela pour elle. Elle signifiait plus pour lui.

— C'était donc juste cela ? Une expérience ?

Elle haussa une épaule.

— Pas vraiment, plutôt une question à laquelle je n'avais pas de réponse jusqu'à maintenant.

Il adorait sa tournure d'esprit.

— Et qu'elle est la réponse ?

— Que je peux me faire confiance pour décider de ce que je veux. Que je ne veux plus forcément ce que je pensais vouloir. Vous m'avez donné tellement à penser. Je suppose que je n'ai pas encore la bonne réponse. C'est une conversation que nous pourrons peut-être avoir plus tard. Elle bailla, comme pour ponctuer sa déclaration.

Elle le surprit en se penchant pour déposer un baiser sur sa joue. C'était gentil. Personne ne l'avait embrassé ainsi, à part sa belle-mère. Il se sentit… protégé.

— Bonne nuit, Titus. Dormez bien.

Elle gagna la porte et l'ouvrit, lui jetant un dernier regard par-dessus son épaule.

— Ce sera mon cas.

Il la regarda partir et ramassa les verres de whisky restés sur l'étagère. Il fit une grimace et se demanda si quelqu'un remarquerait qu'il y en avait deux, et tenterait de deviner à qui ils appartenaient. Personne ne savait qu'il était là, à l'exception du valet de pied qui sommeillait sous l'escalier quand il était arrivé.

Il avala le contenu des deux verres et les déposa sur le buffet, puis quitta la maison.

À l'extérieur, la ville était aussi calme qu'elle pouvait l'être avant que le jour se lève. Il réveilla son cocher et lui ordonna de le ramener à la maison.

Assis dans son carrosse, la tête posée sur le dossier rembourré, il s'émerveilla de se sentir si pleinement satisfait. Dans le même temps, un voile de gène recouvrait son cerveau. Il n'avait pas profité d'elle, mais il l'avait abîmée malgré tout. Elle pouvait toujours se marier, et elle le ferait probablement, mais il lui avait volé ce qu'elle aurait dû donner à son mari.

Une toute petite voix dans sa tête lui demanda pourquoi ce ne serait pas lui.

L'épouser. En faire sa duchesse. Sa duchesse *inaccessible*. Il sourit à cette idée.

Son sourire s'effaça. Serait-elle tentée ? Les événements de ce soir l'avaient beaucoup affectée. Avant même qu'ils n'aient fait l'amour, elle lui avait raconté ses rêves d'indépendance avec la ferveur de quelqu'un qui désirait quelque chose mais pensait ne pas pouvoir l'atteindre.

Sa belle-mère lui en avait dit assez sur sa situation pour qu'il sache qu'elle était quasiment à la rue et sans argent. Son père paraissait irresponsable, et Titus voulait savoir pourquoi il n'avait pas mieux préparé l'avenir de sa fille.

Quand son carrosse le déposa devant sa maison de ville, il n'avait toujours pas décidé de ce qu'il allait faire. Peut-être parce que c'était à elle de faire le pas suivant. Cette nuit, il avait voulu lui donner le pouvoir, le choix, et il ne comptait pas lui reprendre.

Épouse-la, dit la voix.

Il pourrait peut-être lui en offrir une autre.

~

*N*ora était ravie d'avoir une journée de répit. Elle était épuisée. Bien que se sentant fatiguée après sa rencontre avec Titus, elle n'avait pas réussi à dormir. Pensées et sensations avaient submergé son esprit et son corps. Elle aurait aimé qu'ils puissent s'allonger ensemble, côte à côte dans un lit, et discuter jusqu'à l'aube.

Dans l'après-midi, Lady Satterfield et elle profitaient de l'heure du thé dans le salon de l'étage. Lady Satterfield lisait et Nora écrivait une lettre à sa sœur. Elle n'arrivait pas à trouver les mots pour expliquer à Jo sa nuit avec Titus et elle avait hâte de la voir en personne.

Harley entra dans le petit salon.

— Lord Markham est ici pour rendre visite à Miss Lockhart.

Lady Satterfield posa son livre.

— Eh bien ?

Elle lança un regard excité à Nora avant de répondre à Harley.

— Faites-le entrer dans le grand salon. Nous l'y rejoindrons dans un instant.

Nora posa son stylo et vérifia qu'elle n'avait pas de tache d'encre sur les mains. Elle examina sa robe de jour et la jugea convenable pour des visites. Mais elle ne s'était pas particulièrement apprêtée car elle prévoyait une journée de repos.

Lady Satterfield sembla lire dans ses pensées.

— Vous êtes parfaite, ma chère.

Nora envisagea de demander à la comtesse d'annoncer à Lord Markham qu'elles ne recevraient pas de visiteurs aujourd'hui, mais il était bien trop tard. Et Nora aimait bien voir l'enthousiasme de Lady Satterfield. Nora tapota ses cheveux, relevés en un simple chignon.

— Suis-je bien coiffée ?

— Je vous l'ai dit, vous êtes parfaite. Venez, ne faisons pas entendre le comte.

Lady Satterfield se leva et gagna la porte, laissée entrouverte par Harley.

Nora la suivit jusqu'au grand salon.

Lord Markham portait un costume d'équitation, ses culottes chamois le moulant à la perfection. Nora remarqua qu'il ne remplissait pas sa veste aussi bien que Titus, mais elle doutait que quiconque le fasse. Et maintenant qu'elle avait pu admirer et toucher les formes de Titus sans aucun artifice, elle se sentait hautement qualifiée pour émettre un tel jugement. Même si c'était absolument scandaleux.

Markham s'inclina élégamment devant les deux femmes. Il se redressa avec le sourire :

— Bonjour, Lady Satterfield, Miss Lockhart. Quel plaisir de vous voir aujourd'hui.

Même si le commentaire s'adressait apparemment à elles deux, il fixait un regard intense sur Nora et semblait ne parler qu'à elle. Elle répondit par une révérence.

— Tout le plaisir est pour moi, Monsieur. Je suis ravie que vous soyez venu.

Elle aurait aimé que son intérêt manifeste suscite en elle au moins un léger frisson. Oh, c'était flatteur et agréable, mais cela ne touchait pas son âme comme un simple regard de Titus pouvait le faire.

— Je voulais vous remercier d'avoir dansé avec moi hier soir, dit-il.

Hier soir ? Après tout ce qui avait suivi, Nora était persuadée que cela faisait bien plus longtemps. Mais non, c'était hier.

— Vous rendrez-vous au parc plus tard ? Nous pourrions peut-être nous promener ensemble.

Il semblait si plein d'espoir que Nora envisagea un bref instant de changer d'avis sur sa journée de repos. Elle lui offrit un sourire chaleureux.

— Nous avons décidé de rester tranquillement à la maison aujourd'hui, mais je vous remercie pour cette invitation. Une autre fois ?

Il acquiesça.

— Très bien. J'espère que vous assisterez à la soirée de Lady Burney après demain. Lady Burney est ma sœur.

Nora jeta un regard interrogateur à Lady Satterfield. Elle ne se souvenait pas de leur programme pour le reste de la semaine. L'épisode de la veille semblait avoir transformé son cerveau en passoire. Lady Satterfield acquiesça discrètement, et Nora put répondre :

— Oui, bien sûr. Nous sommes impatientes de nous y rendre.

Il lui fit un grand sourire.

— Excellent. J'espère avoir l'honneur de la première danse. Je vais vous laisser, maintenant. Je vous souhaite une journée reposante, Miss Lockhart.

Il s'inclina encore et, quand il se releva de nouveau, il

plongea son regard dans le sien. Quand il s'inclina ensuite devant Lady Satterfield, Harley réapparut et s'adressa à la comtesse :

— Mr. Dawson est ici, Madame.

Lord Markham se redressa et son expression fut momentanément obscurcie par l'ombre d'une émotion mal contenue ; un peu de déception peut-être ? Il se recomposa rapidement et leur offrit à toutes les deux un dernier salut avant de partir.

— Faites-le entrer, Harley.

Lady Satterfield se tourna vers Nora.

— Mon Dieu. Deux soupirants dans la même journée. Et ils vont se croiser, jubila-t-elle. Oh, la situation pourrait devenir très amusante !

Dix ans plus tôt, ou peut-être même cinq ans, Nora aurait acquiescé. Maintenant, l'idée lui donnait un peu la nausée. Elle aimait bien Markham et Dawson, mais quand elle les comparait à Titus… Elle devait absolument cesser de le faire !

Mais elle ne pouvait pas. Ce qui avait commencé comme un fantasme de son esprit, une toquade, était devenu réel la nuit précédente, pendant un court instant. Elle avait eu un aperçu de la sensation des bras de Titus autour d'elle, et elle craignait maintenant que rien ne puisse l'égaler.

Mr. Dawson entra dans la pièce avec un large sourire. Il salua d'abord Lady Satterfield :

— Bonjour Madame, je vous remercie pour votre charmant accueil.

— Bonjour, Mr. Dawson. Tout le plaisir est pour nous.

Elle inclina la tête et se tourna vers Nora. Dawson s'approcha de Nora et s'inclina un peu plus profondément. Quand il se redressa, il lui adressa un regard incroyablement franc. Nora apprécia sa simplicité et son naturel.

— Bonjour, Miss Lockhart.

Il s'exprimait d'une voix plus douce qu'avec Lady Satterfield.

— Je suis heureux de vous trouver chez vous. Je me demandais si nous pourrions faire un petit tour dans le jardin ? Si Lady Satterfield le permet, bien sûr, dit-il en interrogeant la comtesse du regard.

— Bien entendu, répondit-elle. Passez par là et descendez les escaliers de la terrasse. Je vais vous suivre et m'installer dans la bibliothèque d'où je pourrai vous voir.

Donc Nora pouvait se promener sans chaperon avec Titus, mais pas avec Mr. Dawson ? Sans doute parce que Lady Satterfield n'avait aucune raison de penser que Titus s'intéresserait à elle en dehors de son rôle de mentor pour traverser la Saison avec succès.

Mr. Dawson lui offrit son bras.

— Allons-y.

Nora plaça une main sur sa manche et ils traversèrent le salon pour se rendre sur la terrasse. Nora remarqua immédiatement que son bras n'avait ni la forme, ni la force de ceux de Titus. Il lui manquait aussi son odeur typiquement masculine et cette aura puissamment virile qui semblait entourer Titus. Dieux du ciel, quelle nunuche ! Voilà qu'elle se transformait en gamine transie d'amour.

Elle manqua de trébucher sur les marches qui descendaient au jardin.

Parce qu'elle était *vraiment* une gamine énamourée.

Elle était amoureuse de Titus. Ce qui avait débuté comme une fantaisie impossible, un rêve inatteignable, s'était mué en un désir brûlant. Il lui donnait l'impression d'être à sa place, forte et spéciale. Rien qu'elle ait jamais ressenti avant.

— C'est vraiment une très belle journée, mais j'ai quelques craintes à cause des nuages que j'ai vus à l'horizon. Il ne fera sans doute plus aussi beau vers cinq heures.

Nora fit un effort pour s'intéresser à ce que Dawson lui disait.

— Oui, fut la seule réponse qu'elle put lui donner car son esprit, comme son cœur, se débattait avec cette soudaine révélation.

— La campagne me manque, continua-t-il. Tout comme à vous.

Ils avaient discuté de ce sujet en dansant la nuit précédente. Il possédait une maison de taille modeste dans le Sussex, où il aimait bien pêcher et marcher avec ses deux fils, âgés de cinq et sept ans. Nora avait ressenti tout l'amour qu'il leur portait. Elle ne doutait pas qu'elle pourrait être heureuse là-bas. Aussi heureuse qu'elle l'avait été à St Ives, et même un peu plus.

— Oui, je reconnais que cet emploi du temps exigeant est un peu pénible. Lady Satterfield et moi profitions d'une journée de repos.

Il tourna la tête pour la regarder avec consternation.

— Et je vous l'ai gâchée. J'aurais dû venir un autre jour.

Elle ne voulait pas qu'il se sente mal à l'aise.

— Tout va bien.

Il avança le long du chemin qui faisait le tour du jardinet.

— J'imagine, puisque vous avez aussi accepté la visite de Lord Markham.

Y avait-il une note de contrariété, ou de jalousie, dans sa voix ? Elle décida de ne pas s'en préoccuper. Il s'éclaircit la gorge.

— Puis-je demander… Est-ce que… Dois-je m'inquiéter de la concurrence ?

Eh bien, voilà qui en disait long sur ses intentions.

— Il n'y a pas de concurrence, Mr. Dawson.

— Vous vous sous-estimez, Miss Lockhart. Vous êtes devenue très populaire. J'ai bien peur que mes chances de vous conquérir ne s'amenuisent.

Il s'arrêta derrière un massif qui les masquait partielle-
ment à la vue de Lady Satterfield depuis la fenêtre de la
bibliothèque. Il se tourna vers elle et la regarda sérieusement.

— Je dois vous informer que je vais prétendre à votre
main.

Nora grimaça intérieurement. Il était si gentil, si aimable.
Et pourtant, toutes ses pensées étaient tournées vers un autre
homme, un homme que le mariage n'intéressait pas. Elle
aurait dû être claire avec Mr. Dawson, mais il serait peut-être
le seul à lui offrir l'avenir qu'elle désirait. Elle ne savait pas
comment lui répondre. Elle ne voulait pas lui donner de faux
espoirs alors que son esprit bouillonnait.

— Votre attention m'honore, Mr. Dawson. Vraiment.
Mais je ne suis pas encore prête à prendre ce genre de
décision.

— Je comprends. Je peux être patient.

Il jeta un coup d'œil à la maison. Quand son regard revint
sur elle, un coin de sa bouche se tordit un peu, comme s'il
mâchouillait l'intérieur de sa lèvre. Quelque chose dans son
attitude contredisait son allégation. Nora se remit en
marche, pressée de mettre fin à cette visite pour se retrouver
seule avec ses pensées. C'était la meilleure journée pour que
Lady Satterfield et elle-même prennent du recul.

— J'apprécie votre compréhension. Vous m'avez donné à
réfléchir.

— J'espère que vous prendrez en considération notre
exceptionnelle affinité. Je ne pourrais pas trouver une
meilleure femme pour élever mes garçons.

Ses mots transpercèrent son cœur. Ce n'était pas encore
une vraie proposition, mais elle était sûre que cela viendrait.
Elle accéléra l'allure jusqu'à la bibliothèque. Lady Satterfield
se dirigea vers les étagères, le dos à demi tourné, comme
pour leur donner un moment d'intimité avant que Mr.

Dawson ne parte. Il prit sa main et déposa un baiser sur son dos.

— J'espère que vous réfléchirez à ce que je vous ai dit. J'ai hâte de vous revoir.

Il s'inclina, puis se tourna vers Lady Satterfield.

— Bonne après-midi, Madame.

Lady Satterfield attendit qu'il soit parti avant de rejoindre Nora. Ses yeux brillaient d'excitation.

— Qu'a-t-il dit ?

Nora n'avait pas envie de fournir tous les détails de leur conversation. Pas quand ses pensées se bousculaient. Dawson ferait un bon mari. Pourquoi ne pouvait-elle pas le vouloir comme elle voulait Titus ?

— Simplement qu'il voulait me revoir.

— Pensez-vous qu'il va faire sa demande ?

Très certainement. Mais Nora ne voulait toujours pas entrer dans les détails. Pas tant qu'elle n'aurait pas réussi à se convaincre qu'elle était amoureuse de Titus mais qu'un futur avec lui était hors de question.

Mais pourquoi ?

Parce qu'il n'avait jamais évoqué l'avenir ou une quelconque intention de se marier, avec elle ou une autre. Et même s'il en avait parlé, pourrait-elle être sa duchesse ? Au cours des derniers jours, elle avait réalisé que cette vie n'était pas faite pour elle. Elle préférait la tranquillité de la campagne, l'indépendance d'une vie choisie, même si elle devait être solitaire. Mais avec un mari comme Dawson, elle n'aurait pas à être seule. Non, avec quelqu'un comme Dawson, elle pourrait peut-être avoir tout ce qu'elle désirait. Tout sauf l'amour, ou simplement la passion. Et même si elle n'a souhaitait pas vivre sans, il y avait des choses bien pires.

Lady Satterfield claqua des mains.

— Eh bien, personne ne peut plus le nier, vous êtes populaire ! Et maintenant que Markham et Dawson vous ont rendu visite, il est évident que votre avenir est assuré.

Nora s'aperçut qu'elle n'avait pas répondu à sa question, mais peu importait. Lady Satterfield était heureuse, et contente pour Nora et Nora en était heureuse en retour.

Oui, son avenir était assuré. La seule question était : voulait-elle vraiment de ce futur ?

CHAPITRE DOUZE

*L*e lendemain, Titus se rendit à son club pour déjeuner avant la session à la Chambre des lords. Sa belle-mère recevait pour le thé cette après-midi, mais il n'avait pas le temps d'y apparaître. Nora occupait toutes ses pensées et il prévoyait de la revoir très vite. Peut-être s'arrê-terait-il ce soir après la session.

Comme il traversait la salle à manger, il reconnut Mr. Jonathan Gasper, un éleveur de chevaux renommé, assis tout seul. En le voyant, Titus fut frappé par l'envie soudaine d'aller lui parler d'un cheval pour Nora. Avant de pouvoir se diriger vers la table de Gasper, il fut intercepté par un valet de pied.

— Votre Grâce, je vais immédiatement faire monter votre déjeuner habituel.

Titus apprécia l'attention du valet.

— Je vais d'abord m'entretenir avec quelqu'un. Patientez un peu.

Le valet hésita un instant, puis acquiesça :

— Comme il vous plaira, Votre Grâce.

Il s'apprêtait à partir quand Titus l'arrêta.

— Et je pense que vais prendre l'agneau aujourd'hui.

Le valet sembla interloqué. Sa réaction fut brève, mais Titus la remarqua néanmoins.

— Bien sûr, Votre Grâce.

Titus connaissait ce valet depuis assez longtemps. Il était au fait des habitudes et des préférences de Titus, qui venait pourtant de le surprendre. Deux fois.

Titus en fut ridiculement amusé. Il se sentait bien. Oui, pour la première fois depuis bien longtemps, il se sentait *bien*.

Il marcha jusqu'à la table de Gasper.

— Bonjour, Gasper, puis-je vous parler un instant ?

Le gentilhomme leva les yeux de sa soupe et cilla.

— Kendal. Oui, oui bien sûr, dit-il en lui faisant signe de s'asseoir. Êtes-vous venu déjeuner ?

Pourquoi ne pas manger ici plutôt que dans son salon privé ?

— Oui, puis-je me joindre à vous ?

Gasper l'étudia un moment.

— Avec plaisir.

Il parut avoir envie d'en dire plus, mais prit plutôt une autre cuillerée de soupe.

— Je voulais discuter avec vous de l'acquisition d'une nouvelle monture, une gentille jument par exemple, pour un cavalier débutant.

Titus fit signe au valet de s'approcher.

— En quoi puis-je vous être utile, Votre Grâce ?

— Je vais déjeuner ici, merci.

Il se retourna vers Gasper, renvoyant ainsi le valet mais pas avant d'avoir remarqué qu'il l'avait surpris une troisième fois. Titus jeta un regard au dos du valet avant de reporter son attention sur Gasper.

— Je bouleverse l'ordre établi, aujourd'hui.

Gasper avala une nouvelle cuillerée de soupe avant de poser son couvert.

— Comment ? En mangeant ici ?

— C'est inattendu, n'est-ce pas ?

— Oui, répondit-il en clignant des yeux.

Il semblait aussi hésitant et précautionneux que le valet de pied. Titus était-il si effrayant ? Non, mais il avait érigé un mur autour de lui, et il préférait que personne ne le franchisse en dehors de son cercle intime. Cependant, aujourd'hui il était prêt à l'abaisser. Juste un peu.

Il ramena la conversation sur les chevaux. Un peu plus tard, le valet apporta son repas en même temps que le plat suivant de Gasper. Ils partagèrent un moment agréable et, avant qu'il ne s'en rende compte, Titus dut partir.

Il s'apprêtait à prendre congé quand deux gentilshommes passèrent devant lui.

— Je ne peux pas croire qu'elle ait choisi Dawson, dit l'un des deux. J'avais parié sur Markham.

L'autre homme secoua la tête.

— Pourquoi préférerait-elle Dawson à un comte ? Cela n'a aucun sens pour moi, mais les femmes n'en ont jamais.

Titus se leva.

— De quoi discutez-vous ?

Ils s'arrêtèrent net et se retournèrent lentement. Ils regardaient Titus comme s'il avait une deuxième tête. Le premier déglutit.

— Votre Grâce ?

— De quoi parlez-vous ? Qui ?

Titus avait mal au ventre. Il avait peur de connaître la réponse et, tout comme eux, il ne comprenait pas.

— Un pari a été ouvert hier soir au White. Sur Miss Lockhart. Je crois qu'elle est sous la tutelle de votre belle-mère.

L'homme semblait un peu nerveux et hésitant.

— Il semblerait qu'il y ait une compétition pour sa main entre Lord Markham et Mr. Dawson.

Une fichue compétition ? Un pari ? La lumière sembla

diminuer dans la pièce et Titus eut du mal à trouver son souffle.

— Vous dites qu'elle a choisi Dawson ?

Les deux hommes échangèrent un regard troublé.

— À l'évidence, répondit le second. Nous venons juste de l'apprendre au café Key.

La bonne humeur de Titus, la seule sensation de bonheur qu'il avait eue en neuf longues années, partit en fumée. Sans un mot, il sortit du club à grands pas et rejoignit son carrosse. Il n'eut pas un regard pour son cocher qui lui tenait la porte ouverte.

— Satterfield House.

À l'intérieur de la voiture, Titus respira profondément. Elle avait choisi Dawson ? Après ce qui s'était produit entre eux la nuit d'avant ?

Et alors, pourquoi pas, crétin ? Tu ne lui as fait aucune proposition.

Il aurait dû. Pas uniquement parce que c'était juste et honorable et que, *bien sûr,* elle le méritait. Mais parce qu'il l'aimait. Il était irrévocablement, éperdument, désespérément amoureux d'elle.

Il devait le lui dire. Même si cela ne menait à rien, il devait lui dire ce qu'il avait au fond du cœur. Il avait déjà perdu une personne chère, son père, sans lui dire tout ce qu'il représentait, et il n'allait pas refaire la même erreur.

CHAPITRE TREIZE

*M*algré une nuit merveilleusement calme à la maison, Nora n'avait toujours pas réussi à prendre une décision concernant son avenir. Le thé allait débuter sous peu et Markham, comme Dawson, y ferait sans doute une apparition. Aucun des deux ne ferait sa demande au cours d'une telle réception, mais ils allaient vraisembla-blement accélérer leur cour.

Elle se dit que tout allait bien. Mieux que bien. Chacun avait le potentiel d'un bon mari, et Dawson avait déjà fait état de tous ses avantages la veille.

Titus restait un mystère, mais uniquement dans ses pensées. Ils avaient partagé une nuit spectaculaire, mais n'avaient échangé aucune promesse. Elle devait continuer comme si elle n'avait pas eu lieu.

Cette pensée faillit l'étouffer.

Une autre option s'était présentée à son esprit quand elle essayait de s'endormir la nuit précédente. Et si elle n'épousait personne ? Et si elle continuait à travailler comme dame de compagnie en économisant chaque centime pour pouvoir s'établir toute seule à la campagne ? Il est vrai que cela prendrait des années. Et des années. Mais que pouvait- elle faire d'autre ?

Toutefois, seule, elle ne pouvait pas espérer renouveler l'expérience qu'elle avait vécue avec Titus. Ce qui l'a ramenait au choix d'un mari, mais elle ne pensait pas qu'un autre homme pourrait lui donner autant que Titus. Il ne s'agissait pas que des sensations physiques qu'il lui avait fait découvrir. Il lui avait donné un sentiment d'autonomie qu'elle n'avait même jamais imaginé.

Elle avait perdu tout ce qui comptait neuf ans auparavant : sa réputation, la possibilité d'assurer son avenir et celui de sa sœur. Deux nuits plus tôt, elle avait compris qu'elle avait perdu bien davantage, son respect d'elle-même. Titus l'avait aidée à le reconquérir, et plus encore. Nora entra dans le grand salon pour trouver Lady Satterfield en train de vérifier l'arrangement des sandwichs et des petits gâteaux sur la table. Elle jeta un coup d'œil à Nora.

— Vous voici, pile à l'heure.

Elle se redressa et indiqua la porte d'un mouvement de tête.

— Ils arrivent.

Pendant le quart d'heure suivant, Nora accueillit les invités, et parmi eux Lady Dunn, dont elle appréciait désormais la compagnie. La vieille dame fut très heureuse de voir que Nora était devenue plus populaire. Elle s'en attribua un peu du mérite, car elle avait soutenu Nora dès le départ. Lady Dunn montra la porte avec son menton.

— Votre Mr. Dawson est arrivé.

Nora se mordit la langue avant de répliquer qu'il n'était pas *son* Mr. Dawson. Elle pivota sur sa chaise et rencontra son regard. Il sourit immédiatement et se dirigea vers elle.

— Bonjour, Miss Lockhart. Vous êtes plus rayonnante que le soleil.

— Merci. Je suis ravie que vous ayez pu venir.

Il la regarda avec espoir.

— Puis-je vous emmener faire un tour de la salle ?

Nora aurait préféré continuer sa conversation avec Lady Dunn, mais elle ne voulut pas être impolie.

— Certainement.

Au moment précis où Nora se tournait pour remercier Lady Dunn d'être venue, il y eut un mouvement de foule. Le volume et la vitesse des conversations augmentèrent dans la salle. Une femme dont le nom echappait à Nora vint vers elle. Elle avait les yeux grands ouverts et son sourire était plein d'espoir.

— Puis-je vous offrir mes félicitations à tous les deux ? leur demanda-t-elle avec un sourire radieux.

Nora regarda Mr. Dawson et vit qu'il souriait aussi largement. Pourquoi ? Ces félicitations mystérieuses en étaient peut-être la cause. Un nœud se forma dans la poitrine de Nora.

Dawson s'approcha d'elle subrepticement, son sourire un peu forcé maintenant qu'elle l'observait plus attentivement. Il la regardait intensément, comme s'il essayait de lui transmettre une information fondamentale sans dire un mot. Puis il reporta son attention sur la femme.

— Merci, Lady Faversham.

— Avez-vous décidé d'une date pour le mariage ? demanda-t-elle.

— Pardon ? demanda Lady Dunn.

Son regard voyagea entre Nora et Dawson.

— Il va y avoir un mariage ?

Elle fixa Nora avec une pointe d'accusation.

— Je n'avais pas compris vous étiez fiancée.

Elle était furieuse que Nora ne l'ait pas informée. Mais il n'y avait rien eu à dire.

Nora ouvrit la bouche, mais Dawson la poussa légèrement du coude avant de lui couper la parole. Il abaissa son regard pour s'adresser à Lady Dunn.

— Oui, un mariage. Merci pour vos félicitations. Nous nous sommes engagés hier.

Certainement pas ! Est-ce qu'il pensait vraiment qu'ils s'étaient mis d'accord en marchant dans le jardin ? Impossible. Elle ne lui avait donné aucune certitude, et elle n'avait pas répondu à une demande qu'il n'avait pas faite. Elle tourna la tête pour le fusiller du regard et vit dans ses yeux une émotion qui lui fit marquer une pause : de la peur. Que se passerait-il ? Pourquoi se conduisait-il ainsi ? Dawson prit sa main, et elle essaya instinctivement de lui arracher. Il serra ses doigts, jusqu'à ce qu'elle le regarde de nouveau. Il se pencha légèrement vers elle et murmura :

— Jouez le jeu, s'il vous plaît. Je vous promets que tout s'arrangera. Faites-moi confiance.

Lui faire confiance ? Tout le pouvoir qu'elle avait ressenti la nuit d'avant s'envola. Le désespoir l'envahit. Autour d'eux, les invités s'exclamaient, amenant le niveau sonore de la pièce à une intensité assourdissante.

Et subitement le silence se fit.

Toutes les têtes pivotèrent vers la porte. Sur le seuil, le visage plus sombre qu'un ciel d'orage, se tenait Titus.

Le nœud dans la poitrine de Nora se desserra à sa vue, mais reprit très vite forme quand elle remarqua sa colère. Il avait entendu parler des fiançailles. Qui n'existaient même pas.

Elle le fixa pour essayer, comme Dawson un peu plus tôt, de communiquer avec lui sans un mot. Elle voulait lui faire savoir qu'elle n'était pas engagée, qu'elle ne voulait pas de Dawson. Oui, elle savait à cet instant qu'elle ne l'accepterait pas, ni Markham, ni aucun autre. Pas quand elle ne voulait que Titus. Elle arracha sa main à la poigne de Dawson et s'éloigna de lui.

Titus traversa lentement la salle sans la quitter des yeux. Tout le monde s'écartait de son chemin, plus personne ne parlait. Il s'arrêta à un mètre d'elle.

Dawson essaya de prendre sa main une nouvelle fois et chuchota :

— Venez avec moi.

Elle garda les yeux fixés sur Titus, l'exhortant à faire quelque chose, de dire quelque chose.

Titus lui tendit le bras.

— Marchons ensemble.

Elle posa sa main sur sa manche et ils traversèrent le salon jusqu'à la terrasse. Une fois dehors, il referma la porte derrière eux. Se retrouver seuls allait provoquer un scandale, mais toute cette histoire semblait destinée à ruiner sa réputation à peine restaurée. Elle ne pouvait pas s'en moquer plus. Titus s'éloigna d'elle et marcha jusqu'au bord de la terrasse qui surplombait le jardin. Il se retourna, le visage à peine moins ombrageux qu'à son arrivée.

— Dites-moi ce qu'il s'est passé

— Je ne sais pas.

— Etes-vous fiancés ?

La question était sèche, hostile.

— Non.

— Pourquoi tout Londres croit-il que vous l'êtes ?

— Parce qu'il l'a raconté partout ?

Elle prit une profonde inspiration et tenta d'évacuer sa consternation.

— Il est arrivé il y a quelques minutes. Cette femme, Lady Faversham, est venue nous féliciter pour nos fiançailles. Je ne sais pas où elle en a entendu parler. Je sais simplement qu'il lui a dit que nous nous étions fiancés hier. Il m'a rendu visite, et nous avons fait une petite promenade dans le jardin. Il a été clair sur son intention de me faire la cour, mais il ne m'a pas demandé de l'épouser.

Titus s'appuyait sur la rambarde de la terrasse. Il frotta l'arête de son nez pendant un instant, puis laissa retomber sa main et la dévisagea de son regard d'émeraude.

— Que voulez-vous ?

Elle était complètement déroutée. Tout se produisait si vite.

— Que voulez-vous dire ?

— Voulez-vous épouser Dawson ? Je pensais que vous préfériez une vie différente, peut-être même sans mari. Je sais que vous tenez à votre indépendance.

Nora commença à se détendre. Il était de nouveau l'homme qui la comprenait.

— Non, je ne veux pas l'épouser, mais il a provoqué une vraie pagaille. Si je démens, c'est moi qui vais en souffrir.

— Vous n'en souffrirez pas, je vous le promets.

La résolution qu'elle vit dans son regard lui redonna espoir. Si quelqu'un pouvait la sortir de ce mauvais pas, c'était bien Titus.

La tension qui la gagna cette fois tenait plus de l'impatience que de l'angoisse.

— Comment ?

Il revint vers elle et emprisonna ses mains.

— Ils parlent de moi et me dépeignent comme quelqu'un que je ne suis pas. Je les ignore. J'ai créé une façade qui les tient en respect. Vous pouvez en faire autant. Comme ma femme. Épousez-moi, Nora, et je vous donnerai tout ce que vous souhaitez, même si ce n'est pas moi.

Oh, comme elle le voulait ! Désespérément. Mais voulait-il d'elle, ou se conduisait-il simplement comme l'homme le plus galant qu'elle ait jamais connu ? La porte s'ouvrit et Dawson sortit sur la terrasse. Il les examina tour à tour, puis il posa un regard noir sur leurs mains jointes.

— C'est lui que vous choisissez ?

Nora adressa à Titus un regard débordant d'amour.

— Oui.

Dawson répondit par un rire étrangement froid.

— Savez-vous qui vous choisissez ? Je vous aurais offert la respectabilité, l'aisance, la sécurité et une famille. Mais vous préférez l'homme qui a provoqué votre déchéance il y a neuf ans.

L'obscurité se glissa dans le bonheur de Nora, en ternissant les bords. Elle regarda Titus mais interrogea Dawson.

— De quoi parlez-vous ?

Titus choisit de répondre.

— Il parle d'Haywood et de la manière dont je l'ai encouragé à poursuivre de ses assiduités la gamine insensée qui pensait qu'il l'épouserait. Je lui ai dit de prendre tout ce qu'il pourrait obtenir et que personne n'en saurait rien.

Le marquis de Ravenglass lui revint en mémoire. Il était le meneur du groupe dont Haywood faisait partie. Il personnifiait l'Insaisissable au point que sa réputation le rendait presque inacceptable. Presque. Pas complètement parce qu'il était aussi, après tout, l'héritier d'un duché. Et tout le monde savait qu'un futur duc pouvait faire ce qu'il voulait, même inciter d'autres jeunes idiots à faire comme lui. Elle savait sans l'ombre d'un doute que Dawson disait la vérité. Il lui suffisait de regarder l'ombre qui passait sur le visage de Titus et le regret qui remplissait dans ses yeux. La déception la submergea.

— Vous aviez encouragé Haywood. Vous souveniez-vous de moi dès le départ ?

Il serrait la mâchoire, bouche crispée.

— Oui.

— C'est pourquoi vous m'avez aidée ? Pour cela que Lady Satterfield m'a parrainée ?

— *Non.*

Sa réponse fut immédiate et véhémente. Les émotions tourbillonnaient dans ses yeux.

— Oui, je me sentais coupable. Quand j'ai appris qui elle avait engagée comme dame de compagnie, j'y ai vu l'opportunité de réparer mes torts. Oui, je voulais vous aider.

Ses yeux s'adoucirent.

— Je n'aurais jamais imaginé que vous seriez celle qui me sauverait.

Elle l'avait sauvé ? Elle n'était pas entièrement sûre de ce que cela signifiait. Mais le sentiment était si beau et si pur qu'elle sût que Titus n'était plus le même homme que neuf ans auparavant. Et elle n'était plus la même jeune fille naïve non plus. Dorénavant, elle pouvait enterrer le passé. Avec Titus, elle pouvait devenir la femme qu'elle rêvait d'être, elle avait le choix. Elle regarda les deux hommes. L'espoir qu'elle voyait dans les yeux verts de Titus, associé au pouvoir de choisir qu'il lui avait encore rendu, tout cela rendait la décision facile. Elle tourna la tête vers Dawson et dit simplement:

— Oui, je choisis Titus.

⁓

*T*itus avait vu la joie disparaître de son visage quand Dawson avait révélé la vérité. Maintenant il la regardait attentivement, mais n'était pas sûr de ce qu'il voyait.

— Titus.

La voix provenait de la porte. Sa belle-mère les avait suivis et avait clairement entendu tout ce que Dawson avait dit. La douleur qu'elle exprimait transperça l'âme de Titus. Il avait l'impression de revivre la déception de son père.

— Vous choisirez forcément un duc plutôt que moi, railla Dawson.

Lady Satterfield traversa la terrasse.

— Elle choisira le meilleur, abruti. Vous devriez prendre les escaliers qui descendent au jardin et vous échapper par là.

Sinon, vous serez mangé tout cru par tous ceux qui se trouvent dans mon salon. Dès qu'ils sauront que Nora est fiancée à mon fils, vous serez la risée de la Société.

Dawson pinça les lèvres et implora Nora du regard.

— Je ne voulais pas vous perdre au profit de Markham.

Il jeta un regard troublé à Titus.

— Je ne m'étais même pas aperçu qu'il était en lice. Mes excuses, je resterai digne dans la défaite. Je vous souhaite beaucoup de bonheur à tous les deux, dit-il en s'adressant à Nora.

Nora lui sourit, bien qu'il le mérite à peine.

— Merci, je vous souhaite le meilleur également.

Titus fut impressionné par son élégance et sa générosité. S'il n'avait pas déjà été éperdument amoureux d'elle, il le serait maintenant. Dawson se détourna et quitta la terrasse.

La comtesse s'éclaircit la gorge.

— Tout cela va causer beaucoup d'agitation. La pagaille provoquée par Dawson était déjà assez excitante, mais j'ai peur que cette nouvelle ne crée un véritable séisme.

Titus regarda Nora. L'amour qu'il ressentait pour elle menaçait de s'échapper de sa poitrine. L'émotion prenait son envol, vivante et vibrante comme un dragon qui enflamme tout sur son passage.

— Je m'en moque.

— Je suis sûre que cela ne te préoccupe pas, répondit sa belle-mère. Mais Nora aura peut-être une opinion différente.

Nora ne quittait pas Titus des yeux. Elle caressait ses mains de ses pouces.

— Non. Si je dois devenir la Duchesse Inaccessible, je ne dois m'inquiéter de rien. Du moins, pas de ce qui ne m'intéresse pas. Et je décide de ne pas m'inquiéter. Titus, je n'organiserai peut-être jamais de bal. Cela vous convient-il ?

— Je ne vous en aime que davantage.

Les coins de sa bouche se relevèrent en un sourire mi-joyeux, mi-séducteur. Titus ne désirait qu'une seule chose : être seul avec elle. Nora se tourna vers la comtesse.

— Devons-nous retourner à l'intérieur ?

Lady Satterfield secoua doucement la tête, l'air résigné mais heureux.

— Non, je vous excuserai. Titus, je dois t'informer que ta réputation va encore s'aggraver, même si tu n'y prêtes pas attention.

Il attira Nora dans ses bras.

— Pas un instant.

Il se pencha pour respirer le parfum floral de ses cheveux et déposer un baiser sur sa tempe.

Sa belle-mère lui fit un grand sourire.

— Vous me rendez très heureuse. Tous les deux.

Elle regagna l'intérieur de la maison, et ferma la porte derrière elle.

Nora leva les yeux vers lui.

— Vous pensiez ce que vous avez dit ? Vous m'aimez vraiment ?

— Oui. Je suis désolé de ne pas vous l'avoir dit plus tôt. Je crois que je m'en suis rendu compte l'autre nuit. C'est que… J'ai été surpris. Je ne suis pas doué avec ces choses-là.

Aimer, laisser les autres approcher.

— Je sais. Vous vous tenez complètement à l'écart de tout le monde. Est-ce dû à ce qui s'est passé avec Haywood ?

Il comprenait difficilement sa compassion.

— Je voulais vous le dire mais je ne savais pas comment. Vous devriez être furieuse après moi. J'ai participé à votre perte.

— Vous étiez jeune et stupide, comme moi. Que vouliez-vous dire en déclarant que je vous ai sauvé ?

— Je me détestais après ce qui vous est arrivé. Pas uniquement à cause de votre situation délicate, mais aussi parce que j'avais déçu mon père. Il est mort peu de temps après et j'en ai été, tout simplement, dévasté. J'ai fait pénitence toutes ces années. Vous aider, vous aimer, m'a libéré.

Les larmes lui montèrent aux yeux.

— Oh Titus, je ressens exactement la même chose.

Il effleura sa joue d'un doigt.

— J'aurais aimé que mon père vous rencontre. Il vous aurait beaucoup aimée.

Elle fit un grand sourire.

— Je suis sûre que le sentiment aurait été réciproque.

— Vous êtes sûre que vous pourrez supporter d'être la Duchesse Inaccessible ? Vous étes la femme la plus en vue de la ville en ce moment.

Elle éclata de rire.

— Oui, mon bref passage sous les feux de la rampe. Mais je n'ai pas besoin d'être dans la lumière si je suis avec vous. Vous êtes tout ce que je désire, Titus. Tout ce dont j'ai besoin. Je vous aime.

Il l'attira dans ses bras et l'embrassa sur la bouche. Elle répondit à son baiser, ravivant son désir. Il décida à cet instant qu'une dispense spéciale de mariage était indispensable.

Après un long moment, il releva la tête pour la regarder dans les yeux.

— Je vous ai attendue toute la vie, et j'attendrais encore s'il le fallait. Vous faites de moi l'homme le plus heureux de la terre. Pensez-vous qu'ils vont m'appeler le Duc Enamouré ?

Elle gloussa.

— Je me moque de vos surnoms, si tout le monde a bien conscience que vous êtes *mon* duc.

Il pencha la tête pour l'embrasser à nouveau.

— Pour l'éternité.

ÉPILOGUE

Londres 1816

*B*ien que certaines choses aient changé en cinq ans, la plus importante étant la naissance des deux enfants de Nora et Titus, beaucoup d'autres étaient immuables. Lady Satterfield organisait toujours le premier bal de la Saison, et Titus ne dansait toujours que la première danse, mais avec Nora. Cette dernière arrivait toujours en avance pour aider sa belle-mère.

En entrant dans la salle de bal, Nora fut submergée par une vague de nostalgie familière. Chaque année, elle se rappelait cette nuit qui avait changé sa vie. La nuit où elle avait commencé à tomber éperdument amoureuse de son mari. Elle sourit en pensant à lui, à la maison en train de lire pour leurs enfants. Il viendrait au bal plus tard, à temps pour leur danse.

Lady Satterfield traversa le grand salon qui était, une fois de plus, transformé en salle de bal étincelante et qui accueillerait bientôt la fine fleur de la Société. Titus et Nora se tenaient en général à l'écart de la vie mondaine, mais ils ne vivaient pas en ermites. Nora sortait beaucoup avec Lady Satterfield pendant la Saison, mais son principal centre d'intérêt restait sa famille. Elle prêtait peu d'attention à l'élite, et elle supposait qu'elle était devenue ce qu'elle avait tant décrié, une Insaisissable. Pas dans le sens communément admis, mais parce qu'elle avait appris à ne pas se soucier de l'opinion des autres. Et quel plaisir d'avoir l'esprit aussi libre.

— Nora, vous êtes toujours aussi belle ! dit Lady Satterfield avant de l'étreindre rapidement.

Elles s'embrassèrent sur les joues et Nora retourna le compliment.

— Comment vont mes petits enfants ? demanda avidement la comtesse.

Elle les voyait pourtant plusieurs fois par semaine.

— Très bien. Ils profitent d'être seuls avec leur père.

Lady Satterfield sourit chaleureusement.

— Il est complètement fou d'eux. Son père serait tellement fier.

Bien que Nora ne l'ait pas connu, elle acquiesça de tout son cœur. Titus avait passé bien trop de temps à se sentir coupable de ne pas répondre aux attentes de son père. Et de ne pas lui avoir dit à quel point il l'aimait. Il avait finalement réussi à se pardonner et il en accordait tout le crédit à Nora. Elle était convaincue qu'ils avaient vaincu ces vieux démons ensemble.

Les premières invitées firent leur entrée : Lady Dunn avec sa nouvelle dame de compagnie. La vicomtesse marchait désormais avec une canne, mais elle était toujours vive et alerte. Nora l'accueillit aux côtés de Lady Satterfield.

— C'est toujours un régal de vous voir, Votre Grâce, dit Lady Dunn.

Elle semblait prendre un plaisir particulier à appeler

Nora par son titre depuis qu'elle était devenue duchesse. Nora embrassa la joue de la vieille dame.

— Vous semblez pleine d'allant, ce soir.

— C'est grâce à ma nouvelle dame de compagnie.

Lady Dunn désigna de la tête la grande jeune femme qui se tenait derrière elle.

— Je vous présente Miss Ivy Breckenridge. C'est elle qui a suggéré cette nouvelle présentation pour mes cheveux.

La « présentation » se composait d'une plume et de quelques fleurs. Elle lui donnait les quelques centimètres qu'elle cherchait toujours à gagner, car Lady Dunn était plutôt petite et portait souvent une plume pour paraître plus grande. Et les fleurs apportaient une touche de charme juvénile.

— C'est joli, dit Nora.

Elle regarda Miss Breckenridge, qui était impassible.

— Bravo.

La dame de compagnie fit un bref signe de tête.

— Merci. Venez, Lady Dunn, nous devons vous installer.

— Oui, oui, une chaise serait la bienvenue.

— Nous avons la place idéale pour vous dans le petit salon, avec une vue parfaite sur la piste de danse, dit Nora en les guidant hors de la salle de bal, pendant que Lady Satterfield rejoignait son époux pour accueillir les invités.

Pendant la demi-heure suivante, les pièces s'emplirent de la foule habituelle. La danse commencerait sous peu, ce qui signifiait que Titus allait entrer par l'arrière juste à temps pour danser avec elle. Nora se sourit à elle-même en se dirigeant vers les fenêtres ouvertes sur la terrasse.

Elle aperçut trois jeunes femmes debout dans un coin, dont l'énigmatique Miss Breckenridge qu'elle venait de rencontrer. Les trois femmes étaient isolées, mais Miss Breckenridge gardait un œil sur Lady Dunn. Nora se dirigea vers elles.

— Bienvenue à nouveau, Miss Breckenridge. Et à vos amies également.

Elle observa les deux autres jeunes femmes. L'une d'elles était de taille moyenne, avec des cheveux sombres et des yeux noisette animés. L'autre était un peu plus petite, avec des cheveux bruns frisés et les yeux bleus les plus saisissants que Nora ait jamais vu.

— Bonsoir, je suis Lady Kendal. Je suis ravie de vous accueillir à Satterfield House.

La femme aux cheveux bouclés ouvrit la bouche, puis la referma avant de laisser finalement échapper :

— Vous êtes la Duchesse Inaccessible.

L'autre femme aux cheveux sombres lui enfonça son coude dans les côtes avant de sourire gaiement.

— N'écoutez pas Miss Knox, elle a déjà bu trop de ratafia.

Nora se mit à rire doucement.

— Mais je *suis* la Duchesse Inaccessible.

— Toutes nos excuses. Ce n'est pas poli d'insulter les gens, répliqua celle qui avait rudoyé Miss Knox.

— Savez-vous comment, lorsque j'avais votre âge, j'avais l'habitude d'appeler les gentilshommes les plus nobles de Londres ? Les Insaisissables. Ces hommes étaient tellement au-dessus de mon rang que je n'imaginais pas leur parler, encore moins en épouser un. Comme mon mari.

Elle ne put s'empêcher de rire de nouveau.

Elles la fixèrent toutes les trois, puis celle qui s'était excusée se mit à rire avec elle.

— J'aime bien « les Insaisissables ». Je suis Miss Parnell et voici Miss Knox.

— Je suis enchantée de faire votre connaissance.

Miss Knox inclina la tête sur le côté.

— Voulez-vous dire que vous étiez… comme nous ?

— Je ne sais pas, j'étais une fille de la campagne, plutôt

pauvre mais avec assez de chance pour avoir des cousins qui pouvaient la parrainer.

Elle s'approcha et continua à voix basse.

— Et ensuite j'ai eu le culot de me faire surprendre dans une situation compromettante avec un gentilhomme qui a refusé de m'épouser. J'ai été renvoyée à la campagne séance tenante. Perdue.

Leurs yeux s'écarquillèrent. Miss Knox bredouilla :

— Mais vous êtes duchesse.

— Un coup du destin. Et grâce à la gentillesse de ma belle-mère qui m'a donné une deuxième chance quand on me tournait le dos.

— C'est un vrai conte de fées, dit Miss Breckenridge.

Elle pinça les lèvres.

— Je ne crois pas aux contes de fées.

Miss Parnell leva les yeux au ciel.

— Bien sûr, mais celui-ci est bien réel.

Elle fit un grand sourire à Nora.

— Ne faites pas attention à Ivy. Elle est satisfaite de sa place et consacre son énergie à aider ceux qui sont moins chanceux.

Nora posa sur la jeune femme un regard intrigué.

— Vraiment ? J'aimerais en apprendre plus. Pourquoi Lady Dunn et vous ne viendriez pas prendre le thé dans les prochains jours ?

Nora invitait rarement dans sa maison de ville, mais Lady Dunn et sa compagne faisaient partie de son cercle d'amis. Ivy cligna des yeux.

— Si vous insistez.

Elle semblait surprise de l'intérêt de Nora. Nora suspecta que ces jeunes femmes n'avaient pas l'habitude qu'une femme de son rang les remarque, et encore moins qu'elle les invite chez elle. Elle regarda les deux autres.

— Vous devrez venir aussi, car vous semblez être amies.

Miss Knox renifla.

— Malheureusement, je dois rentrer à la maison dans quelques jours.

— Vous n'êtes pas en ville pour la Saison ? demanda Nora.

Miss Knox secoua la tête.

— Mes parents refusent de financer une autre Saison. Ils disent que trois sont bien suffisantes et que si je n'ai encore pas réussi à trouver un riche mari à Londres, je n'ai plus qu'à espérer qu'un de nos voisins se montre à la hauteur de leurs espérances.

Elle sourit à Miss Parnell.

— Lucy et moi sommes devenues amies il y a des années, et elle m'a invitée chez elle pour la semaine.

Miss Parnell prit le bras de Miss Knox.

— J'aimerais que tu puisses rester pour la Saison entière.

— Elle le peut, intervint Nora sans réfléchir. Miss Knox, autorisez-moi à vous parrainer, s'il vous plaît.

C'était spontané, mais elle ne regrettait pas son offre. Elle aimait l'idée de faire pour une autre ce que Lady Satterfield avait fait pour elle. En fait, elle était sûre que Lady Satterfield l'aiderait, ou même qu'elle voudrait parrainer Miss Knox elle-même. La bouche de Miss Knox s'ouvrit de nouveau, plus longuement cette fois.

— Votre Grâce... Je ne sais que dire.

Nora lui sourit gentiment.

— Eh bien dites oui. Si la bonté de ma belle-mère ne l'avait pas poussée à me parrainer, je n'aurais jamais épousé Kendal. Je serais très heureuse d'en faire autant pour vous cette Saison.

Miss Parnell tourna vers son amie un visage animé et l'exhorta :

— Nous allons écrire immédiatement à tes parents. Comment pourraient-ils refuser l'offre généreuse de la duchesse ? Ils seront ravis de ne plus t'avoir sur les bras, mais dans les mains de rien moins qu'une duchesse !

Miss Knox regarda Nora.

— Pensez-vous que je pourrais aussi trouver un duc ?

Nora s'esclaffa.

— Je ne sais pas. Je n'étais pas du tout en quête d'un titre. Je suis encore parfois étonnée d'avoir attrapé un Insaisissable.

— Il faut absolument que nous adoptions cette expression, « les Insaisissables », dit Miss Parnell. Est-ce que cela vous dérange ?

— Pas du tout.

— C'est un excellent surnom, qui s'accordera bien avec notre propre terminologie.

Miss Parnell échangea des regards amusés avec Miss Knox, qui gloussa, et avec Miss Breckenridge, dont les lèvres s'incurvèrent en un charmant sourire, le premier dont Nora était témoin.

— Racontez-moi, les pressa-t-elle.

Miss Knox regarda au-delà de Nora, vers la foule d'invités.

— Nous avons des noms pour certains gentilshommes.

Elle désigna le comte de Dartford.

— Prenez Dartford, par exemple. C'est le Duc Audacieux.

— Mais il n'est pas duc, répliqua Nora.

Miss Parnell haussa les épaules.

— Non, mais de notre point de vue, ils pourraient tout aussi bien être ducs.

— Et Dartford est certainement audacieux, remarqua Miss Breckenridge, non sans une note de mépris. Il participe à des courses dans le parc tous les mardis, on peut le trouver en train de parier dans les pires trous à rats et j'ai entendu dire qu'il avait nagé nu dans la Tamise.

Miss Knox acquiesça d'un ton pincé.

— Exactement. Le comte de Sutton est le Duc Menteur.

— Parce qu'il a incité tant de jeunes filles à croire qu'il allait se déclarer, avant de les laisser tomber, dit Miss Parnell.

— Un surnom amplement mérité, renchérit Miss Breckenridge. Et n'oublions pas le Duc Dépravé.

Elle fit une moue de dégoût en prononçant ce nom.

Le regard de Nora voyagea entre elles.

— Qui est-ce ?

— Le duc de Clare. Mais nous l'appelons habituellement le Duc *Desiré*. Ivy insiste pour le qualifier de dépravé.

Miss Breckenridge fusilla Miss Knox du regard.

— Parce qu'il *l'est*.

Miss Parnell compta sur ses doigts.

— Il est aussi pervers, débauché et peu honorable, si vous souhaitez élargir nos options.

Cette réplique provoqua un autre sourire d'Ivy, et toutes se mirent à rire. Miss Knox jeta un coup d'œil alentour.

— Est-il invité ?

— Très certainement, répondit Nora. Il est peut-être débauché, mais il reste un Insaisissable. Viendra-t-il ? C'est une autre histoire.

— Comme votre époux.

Miss Parnell indiqua la porte de la terrasse d'un mouvement de la tête.

Nora se tourna et rencontra le regard émeraude de son mari. Elle ressentit la même excitation que d'habitude. Cinq années de mariage n'avaient pas réussi à diminuer leur attirance ni le lien qui les unissait.

— Excusez-moi, s'il vous plaît. J'attends votre visite avec impatience, dit-elle avant de rejoindre Titus.

Vêtu d'un magnifique gilet ivoire à fil d'or, avec une veste et un pantalon d'un noir d'encre, il était de loin le plus bel homme de la pièce, comme toujours. Ses cheveux étaient encore sombres, mais il avait désormais quelques mèches argentées qu'il préférait ignorer.

— Désolé d'être en retard.

Sa voix la caressa quand elle passa son bras sous le sien, et ils entrèrent dans le salon pour la première danse.

— Rebecca m'a supplié de lui lire une autre histoire avant de partir.

Leur fille avait quatre ans, et elle n'aimait rien plus que d'écouter son père lire pour elle. Christopher, qui n'avait encore que deux ans, était incapable de rester éveillé jusqu'à la fin de l'histoire, mais cela viendrait.

— Et tu n'as pas pu refuser, dit Nora en lui souriant alors qu'ils s'approchaient de ses beaux-parents.

Lord et Lady Satterfield se mettaient en place en tête de la ligne de danse.

— Qui pourrait résister à ces magnifiques yeux noisette ? Elle est le portrait de sa mère, et comme je ferais tout pour toi, je ferais aussi tout pour Becky.

Nora prit sa place en face de lui et la musique débuta.

— Peux-tu croire que cela fait déjà cinq ans que nous nous sommes rencontrés ?

— Oui et non. Il me semble que c'était hier, et pourtant je me souviens à peine de ma vie avant toi.

Quand vint leur tour, il répéta les mouvements de leur première danse, en glissant la main sur sa taille pendant qu'il tournait autour d'elle. Mais cette fois, il s'attarda plus longuement et plus fermement. Nora plongea dans son regard adoré.

— Je pense que je suis tombée amoureuse de toi pendant cette danse.

— C'est exactement la même chose pour moi, répondit-il. À partir de cet instant, je suis devenu un autre homme. Il n'y a qu'à voir toutes les réceptions auxquelles j'ai assisté, pour la première fois depuis des années, rien que pour être avec toi.

Elle rit doucement.

— Oui, si on y repense, c'était révélateur.

Ils atteignirent la fin de la ligne, et il porta sa main à ses lèvres.

— Merci de m'avoir offert une vie que j'aime.

Elle mit dans son sourire tout l'amour qu'elle éprouvait pour lui. Il lui avait aussi donné une vie qu'elle n'aurait jamais imaginée, et un amour éternel.

Lisez aussi un épilogue spécial de Noël.

ÉPILOGUE DE NOËL

Lakemoor, Lake District, Angleterre
Noël 1811

— Je suis si heureuse que le temps coopère enfin, remarqua Lady Satterfield en admirant le beau ciel bleu par la fenêtre.

Il avait tellement plu ces derniers temps que le changement était appréciable. Surtout aujourd'hui. Eleanor St John, duchesse de Kendal, lança un regard à sa belle-mère avant de se détourner de la fenêtre.

— Oui, quel soulagement. J'aurais détesté avoir à reporter nos activités du jour.

Lady Satterfield pivota vers elle.

— Vous êtes sûre que Titus ne se doute de rien ?

L'excitation qui envahit sa poitrine fit naître un sourire sur les lèvres de Nora.

— S'il en a la moindre idée, il le cache bien. Il m'a dit qu'il espérait passer une journée tranquille à la maison. Depuis que son fils a commencé à donner des coups de pied, il s'amuse à essayer de le faire réagir.

Nora caressa son ventre en expansion.

— Ou sa fille, dit Lady Satterfield, les yeux pétillants.

— Ou sa fille, répéta Nora en riant.

Lord Satterfield entra dans le salon à cet instant en se frottant les mains.

— Ah, vous êtes ici. Tout est prêt.

Nora acquiesça.

— Titus est dans son bureau pour régler plusieurs questions avec son intendant. Je vais aller le chercher d'ici peu.

— Excellent.

Lord Satterfield fit un grand sourire, son regard voyageant entre les deux femmes.

— J'avoue que je suis impatient.

— Moi aussi, acquiesça Nora. Je ne suis jamais partie en quête de la bûche de Noël.

— Même si vous l'aviez déjà fait, il n'y aurait aucune comparaison. Feu mon mari insistait pour que les métayers et les domestiques participent autant que possible.

En prononçant ces paroles, Lady Satterfield avait dans les yeux tout l'amour qu'elle conservait pour le duc qui avait disparu presque dix ans plus tôt. Elle rejoignit son mari actuel et prit sa main. Elle avait eu assez de chance pour trouver le bonheur une seconde fois avec le comte de Satterfield. Lord Satterfield répondit à son étreinte, et Nora sentit sa gorge se serrer. Mon Dieu, elle était devenue si émotive depuis le début de sa grossesse.

Nora toussota et cilla pour évacuer les larmes qui menaçaient.

— Je suis aussi très excitée par le banquet qui suivra.

Les envies alimentaires, avec une préférence pour le sucré, faisaient aussi partie des effets secondaires de sa grossesse.

— C'est ce qui a été le plus difficile à cacher à Titus.

Ils avaient enrôlé tout le personnel pour préparer la surprise du jour. Il était impensable que personne ne lui ait rien dit, mais Nora l'espérait malgré tout.

Elle voulait tellement qu'il apprécie ce qu'ils avaient planifié. Son père lui manquait et il s'était senti coupable pendant des années de ne pas avoir passé plus de temps avec lui quand il était malade. Nora espérait que cette quête rappellerait de bons souvenirs à Titus, et l'aiderait à comprendre qu'il pouvait réellement reprendre le flambeau de son père. Le duc précédent avait été bien-aimé de ses métayers et de ses domestiques, et Nora voulait qu'il en soit de même pour Titus. Il travaillait dur et avec dévouement, mais il ne savait pas toujours se détendre et simplement *profiter*. Cela avait aggravé sa réputation de Duc Inaccessible. Il semblait inapprochable et distant, et la plupart du temps, il en jouait. Nora, quant à elle, connaissait un Titus différent. L'homme qu'elle avait épousé plusieurs mois avant était chaleureux et aimant, et elle voulait que tout le monde le sache.

— Je pense qu'il est temps que j'aille le chercher.

Nora interrogea ses beaux-parents du regard, et ils répondirent par des sourires encourageants. Elle gagna le bureau de Titus et frappa doucement à la porte, qui était entrouverte.

— Entrez, dit-il.

Nora entra dans la pièce et l'intendant se mit debout.

— Je ne voulais pas vous interrompre, dit-elle.

Titus se leva de son bureau et lui sourit chaleureusement.

— Nous avions terminé.

Il fit un signe de tête à l'intendant qui se dirigea vers la porte, en échangeant au passage un sourire de connivence avec Nora. Nora admira une fois de plus son merveilleux époux et, comme souvent, eut le souffle coupé. Ils s'étaient mariés au printemps précédent, mais son cœur cognait toujours aussi fort quand elle était près de lui. Elle lissa sa jupe sur son ventre en avançant dans la pièce.

— J'ai pensé que nous pourrions aller faire une promenade en calèche. Il fait un temps si magnifique aujourd'hui, après toute cette pluie.

Titus fit le tour de son bureau et s'approcha d'elle, sourcils froncés.

— Je voulais rester au chaud et faire des câlins à ma merveilleuse épouse.

Il la prit dans ses bras et enfouit son nez dans son cou.

— Nous le faisons tous les jours, gloussa-t-elle.

Il l'embrassa juste sous l'oreille, ses lèvres chaudes et douces.

— Et c'est interdit ?

Elle laissa échapper un soupir quand il promena sa bouche sous son menton.

— Non, mais j'aurais vraiment voulu sortir pendant que c'est possible. S'il te plaît ?

Elle recula la tête pour l'obliger à s'arrêter. Il se redressa et la regarda en sourcillant.

— Je préférerais l'éviter. Vraiment. Je pense que nous devrions rester à l'intérieur, surtout dans ton état.

Il tapota son ventre et retourna derrière son bureau. Nora tenta de ne pas se vexer.

— C'est absurde. Je peux quand même sortir faire un tour en calèche.

Il secoua la tête.

— Il fait beaucoup trop froid.

Elle commençait à se sentir frustrée.

— Mais non. Il y a du soleil, et le temps est clair. Et puis j'aurai une couverture.

— Je suis désolé, mais j'insiste pour que nous restions ici.

— Tu *insistes* ?

Il s'assit sur sa chaise.

— Oui. Maintenant, excuse-moi mais il faut encore que je réponde à quelques lettres avant de pouvoir te faire un câlin.

Comme si elle avait envie d'un câlin maintenant. Il était en train de tout gâcher !

— Et si moi j'insiste pour sortir ?

Il plissa les yeux.

— Je donnerai des ordres stricts pour que les voitures ne sortent pas.

Nora résista à l'envie de taper du pied. Ou de lui jeter un objet à la tête.

— Tu n'es qu'un sauvage. Je veux juste aller faire une promenade.

Et rétablir une ancienne tradition. Et créer un souvenir qu'ils chériraient à jamais. Après tout, c'était leur première période de Noël ensemble. C'était aussi la première que Nora passait loin de sa sœur, même si elle essayait de ne pas y penser. Les festivités prévues pour aujourd'hui devaient l'y aider. Titus s'adossa à sa chaise et la regarda en face.

— Ce n'est pas aussi simple. Les sols sont gorgés d'eau et la calèche pourrait s'embourber. Pourquoi ne vas-tu pas lire au salon, et je te rejoindrai d'ici peu ?

Il lui adressa un sourire vide et replongea dans ses papiers. Congédiée, Nora fixa sa tête sombre d'un regard noir. Elle tourna les talons et retourna à grands pas dans le salon où les Satterfield l'attendaient avec impatience. Leurs visages pâlirent de concert en la voyant.

— Que se passe-t-il ? demanda Lady Satterfield en se levant du canapé.

— Il refuse de sortir. Il m'a débité des âneries à propos de la boue et de ma condition.

Nora croisa les bras sur sa poitrine.

— Qu'allons-nous faire, maintenant ?

Lord Satterfield, qui s'était levé en même temps que la comtesse, soupira.

— Je vais aller lui parler. Préparez-vous toutes les deux, nous vous retrouverons dans le hall d'entrée.

Il quitta le salon en leur adressant un regard plein de détermination.

— Pensez-vous vraiment qu'il va réussir là où j'ai échoué ? demanda Nora en laissant retomber ses bras.

— Je l'espère, ma chère. Sinon nous aurons fait beaucoup d'efforts pour rien, et vos gens seront très déçus, répondit Lady Satterfield en lui tapotant le bras.

Nora pria pour que cela n'arrive pas.

∼

*T*itus jeta un regard mauvais à la porte après le départ de Nora. Il se conduisait vraiment comme un sauvage. Il n'aurait pas hésité à aller se promener avec Nora, mais ils devaient absolument rester à la maison aujourd'hui. Il aurait remué ciel et terre pour offrir à sa femme tout ce qu'elle désirait, et c'était pour cela qu'il ne pouvait pas l'emmener en calèche.

Il grimaça en se rappelant de la déception sur son visage, suivie par le choc et la colère. Il n'avait pas voulu être condescendant et il espérait qu'elle le pardonnerait. Bien sûr. Elle serait trop heureuse un peu plus tard pour rester fâchée contre lui. Du moins, il l'espérait.

Son beau-père entra dans son bureau, le visage sombre et la bouche pincée.

— Pourquoi ne voulez-vous pas sortir avec Nora ? Il fait un temps splendide et elle est restée enfermée pendant des jours.

Titus se leva.

— Je ne veux pas sortir aujourd'hui. Je l'emmènerai se promener demain.

Satterfield, qui était habituellement un homme affable, lui jeta un regard dur.

— Et s'il pleut demain ? Vous n'avez aucune raison de ne pas y aller aujourd'hui.

Il avait toutes les raisons du monde, mais il n'allait pas tout raconter à son beau-père.

— Je suis chez moi et je décide de ce qui est pertinent ou pas.

Titus grimaça intérieurement. Même à ses oreilles, il paraissait irrationnel.

— Est-ce que vous changeriez d'avis si je vous disais que votre femme a préparé une sortie spéciale et que vous la froisseriez en refusant d'y aller ?

Zut ! Une sortie spéciale ? Que devait-il faire, maintenant ? Il avait *aussi* prévu quelque chose de spécial pour aujourd'hui, et ils ne *pouvaient pas* sortir. Titus fit le tour de son bureau en soupirant.

— Je ne savais pas. Mais nous ne pouvons toujours pas sortir aujourd'hui. Ce n'est pas possible de repousser à demain ?

— Certainement. Si vous voulez dormir seul dans un avenir proche. Vous êtes encore jeune marié et vous n'avez pas encore connu la colère d'une femme. C'est une force en soi.

Titus se frotta le front.

— Je n'essaie pas de la mettre en colère.

Bon sang, rien ne se déroulait comme prévu.

— Nous *n'essayons* jamais, mon garçon. Néanmoins, c'est exactement ce que vous êtes en train de faire.

Il devait bien exister un terrain d'entente, mais Titus ne le trouvait pas.

— Je suis désolé, mais nous ne pouvons pas sortir aujourd'hui.

Satterfield le fusilla du regard et Titus ne se souvenait pas de l'avoir vu aussi hors de lui.

— Très bien. Nous irons sans vous. Vous savez que vous êtes vraiment le Duc Inaccessible ? Vous ne vous autorisez même pas les plaisirs les plus simples. Profitez de votre solitude.

Il se détourna et sortit du bureau à grandes enjambées. Titus le regarda partir bouche bée. Il aimait sa solitude mais, depuis qu'il était tombé amoureux de Nora, il préférait sa compagnie. Et celle de ses proches, y compris son beau-père. Il suivit Satterfield jusqu'au hall d'entrée et s'arrêta net. Le majordome commença à aider le comte à passer son pardessus alors que Nora et sa belle-mère enfilaient leurs gants.

— Vous y allez quand même ? demanda-t-il.

Le goût amer de la défaite envahit sa bouche. Il avait préparé la surprise de Nora avec tant de soin. La pluie avait tenté de tout gâcher, mais après plusieurs retards, le vœux de Noël le plus cher de Nora était sur le point de se réaliser. Mais elle ne serait pas là pour l'accueillir.

Titus accepta que les choses étaient maintenant hors de son contrôle.

— Combien de temps va prendre cette excursion ?

S'ils se dépêchaient, ils seraient peut-être rentrés à temps.

Nora le regarda froidement.

— Toute la journée. Ne t'inquiète pas de nous.

— Je vais venir, dit-il sans trop d'entrain.

Sa belle-mère pinça les lèvres.

—Nous ne voulons pas te forcer.

Il ne répondit rien, mais attendit simplement qu'un valet de pied aille chercher son pardessus et ses gants. Quelques minutes plus tard, il les rejoignit dehors où la calèche les attendait déjà. Le ciel lumineux le fit cligner des yeux. C'était une journée magnifique, parfaite pour une surprise.

Eh bien, il y aurait quand même une surprise, mais pas comme il l'avait prévu.

Il monta dans la calèche et s'assit à côté de son épouse qui refusa de le regarder.

Il n'avait pas du tout envisagé que cette journée se déroule de cette manière.

~

*N*ora glissa un regard curieux à son mari. Il avait l'air affreusement déçu. Il ne voulait vraiment pas sortir aujourd'hui. Et voilà qu'elle l'y obligeait. Comment allaient-ils s'amuser, maintenant ? Elle ouvrit la bouche pour lui expliquer ce qu'ils avaient organisé quand le bruit d'un carrosse attira son attention. La calèche ralentit comme le carrosse approchait.

Le véhicule s'arrêta à côté d'eux dans l'allée. Le cœur de Nora s'affola. Elle connaissait ce carrosse. La porte s'ouvrit à la volée et sa sœur adorée, Joanna, sortit la tête en attendant que le valet descende le marchepied.

—Nora ! s'écria Jo, ses yeux noisette étincelant dans la lumière.

Les larmes que Nora avait réussi à retenir plus tôt inondèrent ses yeux. Elle se mit debout dans la calèche.

— Jo, tu es là.

Elle avait peine à y croire.

Le valet ouvrit la porte de la calèche et aida Nora à descendre. Dès que ses pieds touchèrent le sol, elle se précipita pour étreindre farouchement sa sœur. Les larmes coulaient sur ses joues, qui étaient tendues par un sourire provenant du plus profond de son âme.

Quand elles se séparèrent enfin, Nora s'aperçut que Jo

pleurait aussi.

— J'étais si sûre que nous ne pourrions pas nous revoir.

Nora s'essuya les yeux.

— Moi aussi, jusqu'à ce que ton mari m'invite.

Jo regarda Titus par-dessus l'épaule de Nora. Nora tourna la tête et vit que Titus les contemplait avec un large sourire.

— Voilà pourquoi tu ne voulais pas quitter la maison.

Comme elle aimait son mari. Il hocha la tête. Lady Satterfield essuya une larme.

— Eh bien, c'est la plus jolie surprise qui soit.

Oui, peut-être ? Il leur en restait encore une. Nora étreignit sa sœur une nouvelle fois et lui chuchota :

— Viens avec nous dans la calèche, j'ai aussi une surprise pour Titus.

Les yeux de Jo brillaient d'espièglerie.

— Vous êtes une vraie source d'inspiration.

Elle soupira, et Nora détecta une touche d'envie. Elle regarda finalement vers le carrosse.

— Ton mari n'est pas avec toi ? demanda-t-elle.

— Non, il ne voulait pas quitter sa cure.

Elle ne paraissait pas du tout dépitée. Il y aurait un temps pour en parler, avec un peu de chance elle resterait assez longtemps.

— Viens, dit Nora.

Le valet de pied les aida toutes les deux à remonter dans la calèche et l'équipage reprit sa route. Avec Jo en plus, Nora était collée contre son mari, à la place qu'elle préférait.

— Merci, lui murmura-t-elle. Je comprends mieux pourquoi tu étais odieux tout à l'heure.

Il rit doucement.

— J'en ai détesté chaque seconde.

— Je t'aime tellement, lui dit-elle en levant sur lui un regard brillant d'amour.

— Et moi, je t'adore, lui répondit-il en déposant un baiser sur son front.

Elle espérait qu'il le pense toujours dans quelques minutes.

Ils quittèrent l'allée et se dirigèrent vers le village avant de tourner sur le chemin qui menait à la ferme d'un des métayers de Titus. Elle se tendit et retint son souffle en guettant sa réaction.

Des dizaines de personnes étaient rassemblées, et les acclamèrent au passage de la calèche.

— Qu'est-ce... ? souffla Titus.

— Nous partons en quête de la bûche de Noël, dit Nora, en espérant le rendre aussi heureux qu'il l'avait fait pour elle.

Son regard était fixé sur tous ses fermiers. Son intendant se tenait devant eux, souriant.

— Mon père organisait cette recherche, dit Titus.

Nora s'accrocha à son bras et le serra amoureusement.

— Je sais. Tout le monde était excité de recommencer. Ils disent que cela aurait dû être fait depuis longtemps.

Il ouvrit la bouche, mais ne put dire un mot. Il la referma brusquement et hocha la tête. Un instant plus tard, il se pencha sur elle, ses yeux vert émeraude brillants de larmes contenues.

— Merci.

— Joyeux Noël, mon amour.

— Joyeux Noël.

Et il l'embrassa

**Impatient de lire le prochain tome des Insaisissables ?
Venez faire la connaissance de Lucy, et découvrir
pourquoi elle s'habille en homme, et celle d'Andrew, qui
lui offre son aide dans LE DUC AUDACIEUX.**

Merci d'avoir lu *Le Duc Inaccessible*. J'espère que vous l'avez apprécié ! Ne manquez pas les histoires de Lucy, Aquilla et Ivy dans les prochains tomes de la série « Les Insaisissables ».

Si vous voulez savoir quand mon prochain livre sera disponible et être averti des ventes spéciales, inscrivez-vous à ma newsletter en anglais sur https://www.darcyburke.com/join et suivez-moi sur les réseaux sociaux :

Facebook: https://facebook.com/DarcyBurkeFans
Twitter @darcyburke
Instagram darcyburkeauthor

J'espère que vous accepterez de laisser un avis sur le site de votre boutique en ligne ou de votre réseau préféré ! J'aime tellement mes lecteurs. Merci, merci, *merci*.
xoxo,
Darcy

À PROPOS DE L'AUTEUR

Darcy Burke est l'auteure à succès USA Today de romance sexy, sentimentale historique et contemporaine. Darcy a écrit son premier livre à 11 ans, une fin heureuse entre un cygne accro à la magie et une femelle cygne qui l'aimait, avec des illustrations extrêmement pauvres.

Native de l'Oregon, Darcy vit en bordure des vignes avec son mari guitariste, une fille artiste d'un incroyable talent, et un fils débordant d'imagination qui écrira sans doute un jour mieux qu'elle (et peut-être dès demain). Ils forment une famille-à-chats un peu folle, avec deux bengals, un petit chat en quête de notoriété qui porte le nom d'un fruit, un vieux maine-coon rescapé plutôt arrogant, et une collection de chats du voisinage qui trainent sur la terrasse et entrent quelquefois. Vous trouverez Darcy au chai, dans son confortable fauteuil d'écrivain avec son portable et un ou trois chats sur les genoux, en train de plier son linge (ce qu'elle adore), ou encore devant le télévision avec sa famille. Ses havres de bonheur sont Disneyland, le week-end du Labor Day au Gorge, Le Danemark et partout au Royaume-Uni – tant que sa famille y est aussi. Retrouvez Darcy en ligne à https://www.darcyburke.com et suivez-la sur ses réseaux sociaux.